Le village évanoui

Du même auteur

L'Angoisse de la première phrase, Phébus, 2005.
Contes carnivores, Seuil, 2008, Prix Victor Rossel.
Les Assoiffées, Seuil, 2010.
Une collection très particulière, Seuil, 2012, Grand Prix de l'Imaginaire.
Monsieur Spleen (notes sur Henri de Régnier), Seuil, 2013.

Bernard Quiriny

Le village évanoui

roman

Flammarion

Ouvrage publié sous la direction
de Minh Tran Huy

ISBN : 978-2-0812-9031-0

Châtillon-en-Bierre est un village de mille habitants situé au centre de la France, entre Auvergne et Morvan. La grande ville la plus proche, Névry, est à cinquante kilomètres. Il y a dans les environs quelques bourgades moyennes : Corbinand à l'est, Château-Quercy au nord, Clamard au sud, Saint-Bernin-sous-Bois sur la route de Névry ; mais les Châtillonnais pour s'approvisionner vont toujours à Névry, en empruntant la route départementale refaite voilà deux ans et qui à présent ressemble à un magnifique billard goudronné.

Le village a la forme d'un T, avec deux rues perpendiculaires qui forment un coude au niveau de la boucherie Lombard : la rue du Docteur-Edmond et la rue du Docteur-Madiran, du nom de deux personnalités locales de la fin du XIXe siècle.

La rue du Docteur-Madiran compte deux ponts, le premier sur l'Arlon, rivière affluente de la Loire, le second sur le canal de Bierre, voie d'eau creusée à partir de 1795 pour le flottage du bois morvandiau et utilisé de nos jours pour la navigation de plaisance. Ce canal est flanqué d'un chemin de halage très apprécié par les cyclistes et les randonneurs à cause de ses paysages verdoyants et aussi parce qu'il est tout à fait plat, à l'exception des buttes au niveau des écluses. De nombreux pêcheurs s'y adonnent à leur passion, blasés et silencieux, qui répondent d'un signe las aux saluts aimables des promeneurs.

Ces deux cours d'eau traversant Châtillon présentaient jadis une particularité : grâce à des subsides de l'État, le pont sur le canal fut construit très vite, avant que le canal lui-même fût mis en eau ; le pont sur l'Arlon en revanche ne fut bâti que dans les années 1920, ce qui obligeait à traverser au moyen d'un bac (l'inclinaison actuelle de la rue du Gué, coupée en deux par la rivière, témoigne de l'aménagement de l'époque). Les voyageurs qui passaient par Châtillon avaient ainsi la surprise de traverser successivement une rivière sans pont puis un pont sur rien, situation paradoxale qui donna lieu à un proverbe.

Jusqu'au milieu du XXe siècle Châtillon-en-Bierre fut un village prospère, dont la population compta jusqu'à deux mille quatre cents ans habitants. Outre l'agriculture, l'économie locale pouvait compter sur l'usine de chaussures Beaupion, installée jusque dans les années 1960 dans des bâtiments proches du port du canal. En 1964, l'usine ferma et les hangars furent transformés pour loger une scierie ; celle-ci employa une cinquantaine de personnes dans les années 1970 avant de diminuer son activité. Elle ferma ses portes en 1991 à la suite d'un incendie. Depuis, les bâtiments vides servent d'abri aux clochards et à certains jeunes du canton, qui s'y livrent à de menus trafics. La municipalité voudrait les réhabiliter pour en faire un complexe sportif, mais les fonds manquent.

Depuis les années 1950, l'exode rural accomplit ses ravages. La population a diminué de moitié en un demi-siècle. Les enfants du village partent à Névry ou ailleurs pour leurs études, rares sont ceux qui reviennent ensuite dans la Bierre. Le nombre d'agriculteurs en particulier a chuté ; les exploitations sont aujourd'hui plus vastes, mais trois fois moins nombreuses qu'il y a trente ans. La fibre agricole demeure cependant forte chez les Châtillonnais, et beaucoup de fils de paysans disent vouloir reprendre la ferme familiale, malgré les conditions de travail éprouvantes et la médiocrité du revenu. L'agriculture reste la mamelle de l'économie bierroise, surtout grâce à l'élevage – la Bierre s'enorgueillit de ses belles vaches charolaises, rustaudes et trapues, qui donnent une viande grasse dont les gourmets estiment qu'elle manque de finesse.

On trouve au village deux boulangeries, deux boucheries, un cabinet médical, une pharmacie, une supérette, une épicerie, un hôtel, un restaurant, une pizzeria, deux succursales de banque et une étude notariale. Le cabinet vétérinaire s'est installé à trois kilomètres sur la route de Névry, non loin d'un affreux bâtiment construit par le syndicat de communes dans les années 1980 et censé abriter une sorte d'office du tourisme, ainsi qu'une salle de spectacles. Personne ne sait ce qui s'y passe exactement mais il paraît que deux personnes y travaillent à plein temps, et qu'on y voit parfois de la lumière.

À l'entrée du village en venant de Névry s'élève le château, ancienne demeure des seigneurs de Châtillon, édifié vers 970 et reconstruit plusieurs fois au fil des âges. Bâtisse hétéroclite et majestueuse, dont les plus vieilles pierres aujourd'hui datent du XIVe siècle et les plus récentes du XVIIIe. Un beau parc l'entoure, élégamment délimité par le canal qui la ceint comme une douve. Après avoir changé de main à plusieurs reprises depuis les années 1950, le château, racheté par un homme d'affaires, s'est transformé en lieu de séminaires et en gîte de luxe. Il n'est pas ouvert à la visite, sauf lors d'occasions exceptionnelles ; la plupart des villageois n'y ont jamais mis les pieds, ce qui ne les empêche pas d'en être fiers.

L'église Saint-Nicolas, banale et sans charme, domine une placette plantée de marronniers où l'on a construit aussi l'hôtel de ville – signe que la calotte et la République n'ont pas toujours fait mauvais ménage. Derrière l'église s'étend le champ de foire, esplanade goudronnée où se tenait jadis un marché aux bestiaux. On y trouve aussi le terrain de football, le camping, et une salle communale construite au début des années 1970 dans le style absurde de l'époque, avec des formes biscornues et des matériaux de piètre qualité – les mêmes qu'on a utilisés pour bâtir en 1975 l'école maternelle et primaire de la Picherette, du nom de la colline où elle fut édifiée, et qui après vingt-cinq ans d'usage a commencé de tomber en ruine, en sorte qu'une réhabilitation a eu lieu en 2002. Soixante-dix enfants la fréquentent, trois fois moins qu'il y a trente ans.

Signalons pour finir que Châtillon-en-Bierre est le chef-lieu d'un canton de quatorze communes et trois mille cinq cents habitants, avec une quarantaine de hameaux et des dizaines de fermes. Des chemins agricoles et des voies communales serpentent dans cette campagne, formant un labyrinthe où il est doux l'été de s'aventurer à pied ou à vélo, en prenant garde aux voitures qui roulent toujours à fond, y compris quand les conducteurs sont âgés – habitude déplorable qui augmente le taux de mortalité sur route de 25 % par rapport à la moyenne régionale, malgré les efforts des gendarmes.

Nous en savons assez sur Châtillon-en-Bierre pour mettre fin à ce chapitre introductif ; il sera toujours temps d'ajouter plus loin ce qui n'a pas été dit ici, et de présenter les habitants qui joueront un rôle dans l'histoire. Planter le décor était en tout cas nécessaire car de là, et c'est ainsi que tout commence, nous ne sortirons pas.

*

On dort bien à Châtillon, dans un silence parfait dont les citadins n'ont plus la notion. Le docteur Ruche, qui exerce au village depuis trente ans, pense que le calme est une condition nécessaire à la santé, et que nombre de ses patients lui doivent leur longévité – beaucoup de Châtillonnais vivent quatre-vingt-dix ans et plus.

La nuit, donc, on n'entend rien, à peine les cris d'un rapace ou le vrombissement léger d'un moteur. Les habitants, qui dorment fenêtre ouverte toute l'année, ont l'impression à partir de vingt et une heures que la vie s'arrête. Personne par conséquent ne prit conscience de l'absence totale de circulation dans le village durant la nuit du 14 au 15 septembre 2012, date fatale où commence notre récit.

Les premiers levés au matin du 15 furent les travailleurs de Névry, ces Châtillonnais qui, faute d'emploi dans la Bierre, avalaient matin et soir quarante kilomètres jusqu'à la capitale départementale. Ils auraient pu déménager pour se rapprocher de leur lieu de travail mais ils étaient attachés au canton, où vivait toute leur famille et où les maisons étaient moins chères, avantages qui compensaient la fatigue du trajet, les dépenses de carburant et l'obligation de se lever tôt – aux Châtillonnais, de toute façon, les journées à rallonge n'ont jamais fait peur.

Hubert Besson et Jean-Jacques Larimé comptaient parmi ces migrants quotidiens et faisaient souvent la route ensemble, car leurs horaires de travail coïncidaient. Le premier était agent des chemins de fer, le second technicien dans une entreprise de plasturgie. Ils partaient tous les matins à six heures quinze, et arrivaient à Névry vers sept heures. Mais, ce 15 septembre 2012, la voiture de Larimé tomba en panne au bout de cinq kilomètres, au lieu-dit de l'Huis-

Merleau, longue ligne droite bordée de champs. Le moteur s'arrêta brusquement ; les phares s'éteignirent, ainsi que les voyants du tableau de bord. Larimé jura, se rangea sur le bas-côté, tira le frein à main puis tenta de redémarrer, en vain. Besson et lui soulevèrent le capot, inspectèrent la mécanique inerte puis, ne voyant rien qui clochât, se résolurent à demander un dépannage.

Jean-Jacques téléphona au garagiste de Ruet, le village le plus proche. La communication échoua. Rien n'allait, décidément.

— Essaie avec ton mobile, dit-il à Hubert.

Son collègue s'exécuta, mais il n'avait pas de tonalité.

— Le réseau doit être en dérangement.

Ils tentèrent alors de contacter le garage Logeux, à Châtillon. La communication passa mais, vu l'heure matinale, il n'y avait personne pour répondre. Au bout de vingt sonneries, Larimé raccrocha en jurant.

— J'appelle ma femme, dit Besson. Elle nous ramènera, puis nous repartirons dans ma voiture.

Ainsi fut fait. Colette, l'épouse d'Hubert, vint chercher les naufragés à l'Huis-Merleau et les rapatria à Châtillon. Là, chacun voulut prévenir son employeur qu'il aurait du retard. Les deux coups de fil aboutirent à des messages d'erreur. Jean-Jacques, Hubert et Colette se regardèrent avec inquiétude.

— C'est tout de même bizarre, murmura Colette.

— Bon, dit Hubert. Assez perdu de temps. En route.

Jean-Jacques pria Colette de signaler au garagiste qu'il faudrait remorquer sa voiture abandonnée à l'Huis-Merleau, et lui confia ses clés ; puis Hubert et lui reprirent la route, avec quarante minutes de retard sur l'horaire.

Las ! Cinq kilomètres après la sortie du village, là où Jean-Jacques était tombé en rade, le moteur hoqueta, puis s'arrêta.

— Je rêve, lâcha Larimé.

Croyant être victimes d'un sortilège, les deux hommes n'osaient rien dire.

— C'est sûrement une blague, dit Besson.

Mais ce n'était pas une blague.

*

La même mésaventure arriva ce jour-là à tous ceux qui voulurent quitter Châtillon en voiture, par toutes les routes possibles. À l'Huis-Merleau, les pannes se succédèrent, toujours au même endroit ; quinze véhicules s'ajoutèrent à ceux d'Hubert et Jean-Jacques, et ce lieu-dit ordinairement si calme devint un parking sauvage, plein de conducteurs incrédules qui soulevaient leur capot en proférant des jurons. Tous tentèrent de téléphoner, mais la communication avec Névry était impossible. Les appels vers Châtillon, en revanche, passaient bien, et chacun de guerre lasse contacta sa famille pour signaler sa position et demander du secours.

Les deux garagistes de Châtillon, Patrice Logeux et René Rémond, furent harcelés toute la matinée. Trente, quarante, cinquante automobilistes réclamaient leurs service dans tout le canton. Les gendarmes, prévenus de ces incidents, décrétèrent que le plus urgent était de dégager les routes, pour empêcher les carambolages. L'adjudant Packiewicz chargea les brigadiers Sourand et Duguit de se transporter à l'Huis-Merleau, et ordonna aux garagistes de les suivre. Sourand et Duguit partirent en trombe au volant de leur estafette bleue, suivis par les dépanneuses et très excités par l'événement.

Mais comme ils approchaient de l'Huis-Merleau, Patrice Logeux fit des appels de phare. Le convoi s'immobilisa. Descendu de son camion, Logeux courut jusqu'aux gendarmes et leur fit part d'une idée qui venait de lui traverser l'esprit.

— Tant de voitures détraquées au même endroit, c'est du jamais-vu. Ça ne peut pas être le fruit du hasard.

— Et alors ? répondit Sourand.

— Ne sommes-nous pas en train de nous jeter dans la gueule du loup, avec votre estafette et nos camions ?

Sourand fronça les sourcils.

— Nous risquons la panne aussi, expliqua Logeux.

Les gendarmes en convinrent. Les dépanneuses firent donc demi-tour, tandis qu'eux continuèrent à pied vers les automobilistes en carafe pour leur expliquer qu'ils devaient laisser provisoirement leur véhicule sur place et revenir à Châtillon, à pied aussi.

Cette information fut accueillie avec l'hostilité qu'on imagine par les naufragés, qui se récrièrent mais ne purent qu'obtempérer.

*

L'épidémie fit des ravages toute la matinée. La rumeur se répandit : un mal mystérieux frappait les voitures. Dès qu'ils étaient prévenus, les Châtillonnais fonçaient vérifier si la leur démarrait, et se trouvaient soulagés de voir que oui. Ils n'avaient pas compris que les problèmes ne se déclenchaient qu'à certains endroits précis, dans une zone maudite qui faisait le tour du village.

Outre les moteurs, il y avait la question du téléphone. On se rendit compte que les appels locaux passaient normalement, mais que les appels nationaux n'aboutissaient pas. Le problème touchait les fixes, les portables, et tous les opérateurs. Ainsi les gendarmes et le maire Sylvestre Agnelet échouèrent-ils à joindre la préfecture, malgré de nombreuses tentatives.

— Envoyons-leur un e-mail, suggéra le maire.

Mais l'ordinateur n'afficha qu'un échec.

— C'est incroyable, murmura l'adjudant Packiewicz.

Faisant l'analogie avec le téléphone, la femme du brigadier Duguit eut l'idée d'envoyer un e-mail à sa voisine. Stupeur : le message passa, et on put vérifier tout de suite chez sa destinataire qu'elle l'avait bien reçu. L'ingénieuse épouse se connecta ensuite avec succès sur la page du syndicat d'initiative de Châtillon, sur celle du cybercafé local ainsi que sur le blog de sa fille, qui vivait dans un hameau tout proche. Elle consulta également le site du *Journal de la Bierre*, dont les bureaux étaient à Névry ; le logo du journal et les menus déroulants s'affichaient normalement, mais le reste était invisible. On cliqua par curiosité sur diverses rubriques, en vain, jusqu'à « Châtillon ». Là, l'information s'afficha instantanément.

— On dirait que nous n'avons accès qu'aux nouvelles qui nous concernent.

*

Les voitures étaient bloquées par un mur invisible qui les mettait hors d'usage, mais les vélos ?

Luc Rambier, facteur, voulut en avoir le cœur net. Il partit sur son clou de service en direction de Névry, et découvrit à l'Huis-Merleau la file de voitures rangées sur l'accotement. La plupart des conducteurs étaient repartis, mais quelques-uns refusaient d'abandonner leur véhicule et tentaient toujours de déterminer la cause du dérangement.

— Ce qui m'étonne, souligna l'un d'eux, c'est que nous sommes bloqués ici depuis trois heures et que personne n'est venu en sens inverse.

— Peut-être que le phénomène est symétrique, répondit Rambier.

— Symétrique ?

— Les voitures qui quittent Châtillon tombent en panne au bout de quelques kilomètres. On peut imaginer que celles qui arrivent à Châtillon tombent en panne aussi.

— C'est judicieux.

— Merci.

— Il faudrait vérifier.

— C'est bien mon idée.

Et Luc Rambier poursuivit sa route. Cet athlète expédiait quotidiennement une tournée de vingt-cinq kilomètres avec quatre sacs de courrier accrochés à son cadre ; il faisait aussi le dimanche des sorties de cent kilomètres sur son vélo de course, avec des moyennes de trente-cinq kilomètres / heure quand il était en forme. Autant dire qu'il serait tout de suite à Ruet, le prochain village, cinq kilomètres plus loin. Du moins le croyait-il. Car, au bout de dix minutes, il n'y avait toujours pas de maisons en vue. La ligne droite où il roulait semblait sans fin, comme si elle s'étirait à mesure qu'il avançait. C'était troublant ; la géographie de ces lieux qu'il connaissait bien lui parut changée, sans qu'il pût dire en quoi.

Après vingt minutes d'efforts, toujours rien. Quelque chose clochait. Chaque coup de pédale semblait rajouter à la distance à parcourir. On aurait dit le paradoxe de Zénon.

Luc Rambier se sentit tout à coup très angoissé. Les informations que lui délivraient ses sens n'étaient pas vraisemblables. Il décida malgré tout de poursuivre ;

il roula une heure, une heure trente – finalement deux heures. Il avait soif, et sentait ses mollets durcir.

Il ralentit et mit pied à terre, contempla la route déserte et droite à perte de vue, et comprit qu'il n'arriverait jamais à destination. Il fit demi-tour.

Midi sonnait au clocher quand il rentra à Châtillon épuisé. Il fit sensation en déclarant que quitter Châtillon n'était décidément plus possible, même à vélo.

*

Tout le village se retrouva dans la rue. Le car scolaire qui emmenait les enfants au collège de Moulins-Dusol, à quinze kilomètres, était tombé en panne non loin d'Ahuy ; le chauffeur, ayant pris des consignes par téléphone auprès des gendarmes, avait rapatrié ses ouailles en file indienne jusqu'au village. Excités comme le sont les enfants quand survient l'imprévu, les collégiens s'égaillaient à présent dans la ville, rajoutant à l'animation ambiante.

L'atmosphère était à mi-chemin entre la panique et l'amusement, la crise sanitaire et la fête populaire. Les Châtillonnais pensaient que le problème était provisoire, à la façon d'une panne électrique. De l'autre côté de la frontière pour l'heure infranchissable, des techniciens et spécialistes en tous genres s'activaient sûrement à rétablir les communications, et bientôt les secours, la police et la télévision les délivreraient. Certains se réjouissaient par anticipation de la publicité que ce phénomène ferait à la ville, imaginant le journal du lendemain et son titre à la une : « Le village coupé du monde », « Prisonniers chez eux toute une journée », etc.

D'autres cependant, plus sombres, peinaient à prendre les choses à la plaisanterie. Ils ne disaient rien, pour ne pas donner l'impression d'avoir peur, mais ils trouvaient que ces perturbations n'auguraient rien de bon. Il y avait en outre plus grave que l'impossibilité de sortir de Châtillon : l'impossibilité d'y entrer. Personne n'était venu ce matin-là, ni le distributeur de journaux, ni le livreur de la supérette, ni l'infirmière qui n'avait pas honoré ses rendez-vous. Châtillon-en-Bierre semblait s'être transformé en un piège immense et sans parois, sans qu'on sache qui l'avait posé.

Diverses théories furent avancées. L'hypothèse la plus populaire était celle d'une tempête magnétique, qui expliquerait à la fois le dérèglement des moteurs et les dérangements du téléphone. Personne ne savait de quoi il s'agissait au juste, mais l'expression avait le prestige ésotérique de la science. On ignorait en revanche pourquoi cette tempête ne soufflait apparemment qu'à certains endroits, encerclant le village mais laissant l'intérieur indemne.

On parla aussi du camion-citerne qui la veille avait traversé le centre-bourg ; rien n'interdisait de croire qu'il transportait des produits dangereux, et qu'il avait laissé s'échapper des gaz responsables du désordre actuel. Déjà certains s'emportaient contre le maire, qui aurait dû prendre un arrêté contre ces convois chimiques ; mais cette théorie présentait les mêmes faiblesses que la précédente.

Les jeunes suggérèrent qu'il s'agissait d'un test grandeur nature organisé par le gouvernement ou par l'armée, pour évaluer la capacité des Français à faire face aux catastrophes. La commune avait été tirée au sort parmi des milliers, et une armada d'ingénieurs et de technocrates surveillaient les réactions des Châtillonnais au moyen de microphones à longue portée et de caméras embarquées dans des avions.

D'autres affirmaient que tout cela n'était qu'un canular, une farce grandiose inventée par un animateur de télévision connu pour ses coups spectaculaires, et qui ne tarderait pas à surgir de sa cachette pour tout révéler en s'esclaffant.

Le maire Agnelet allait et venait parmi ses administrés, recueillant conseils et récriminations, rassurant les inquiets, écoutant les optimistes. Il oscillait lui-même entre l'angoisse et l'euphorie : l'angoisse parce qu'il était juridiquement responsable des accidents qui frappaient sa bourgade, l'euphorie parce que cette crise le transformait en chef de guerre. Aussi sentait-il monter en lui une résolution et un élan nouveaux ; il allait montrer aux Châtillonnais qu'ils avaient bien fait de l'élire.

« Ne soyez pas inquiets, disait-il. Tout cela ne va pas durer. »

« Non, nous ne savons pas ce qui se passe, et nous n'avons pas pu appeler l'extérieur. Mais nous mettons tout en œuvre pour joindre le préfet, et je pense que nous aurons bientôt des nouvelles. »

Emporté par son enthousiasme, il prenait le ton de l'humour :

« Pour le moment, personne n'est mort, n'est-ce pas ? »

Et, à force de répéter, pour empêcher l'affolement, que les choses allaient s'arranger, il s'en persuada lui-même.

Une réunion fut organisée à la salle communale à seize heures. La secrétaire de mairie imprima cinquante affiches qui furent placardées dans le canton, et on réquisitionna le mégaphone des pompiers pour une annonce vocale.

Mille personnes affluèrent en début d'après-midi. La salle étant trop petite, la réunion fut délocalisée sur le terrain de football, où fut dressée une estrade et installée la sonorisation habituellement utilisée pour les bals.

À seize heures le maire Agnelet s'empara du micro, fébrile, et s'éclaircit la gorge. Il n'avait pas préparé son texte, voulant rester naturel ; mais il n'avait jamais parlé devant une assemblée si nombreuse, ni dans des circonstances aussi étranges, et il fut pris d'un trac inhabituel. Il se composa une mine grave.

— Bien. Mes chers concitoyens…

Un grand silence s'abattit sur la foule.

— Comme vous l'avez constaté, il semble que Châtillon et ses environs soient en proie à des phénomènes, hum… inexplicables, qui ont commencé ce matin, ou la nuit dernière. Vous savez tous en quoi ils consistent, certains d'entre vous les ont expérimentés dans leur voiture, et tout le monde a constaté que le téléphone et Internet ne fonctionnent plus. D'une manière générale, le village est coupé du monde. Nous ignorons les causes de cette situation, mais tout va rentrer dans l'ordre bientôt. Et je ne doute pas que quand ce sera fini, on nous fournira une explication. Pour l'heure, il faut affronter la situation avec calme, gérer les urgences et attendre qu'on nous tire de ce guêpier.

Le maire Agnelet s'interrompit, inquiet que cette dernière phrase soit interprétée comme une critique contre la Bierre. Mais comme personne ne releva, il poursuivit.

— Je vous invite à reprendre vos activités comme si de rien n'était, dans la mesure du possible. Soyons stoïques, et tout ira bien. Ce soir, dînez normalement, ne changez rien à vos habitudes. J'ai peur bien sûr qu'on ne puisse pas regarder la télévision, qui est coupée. Mais il n'y avait rien d'intéressant au programme.

Quelques rires fusèrent.

— Avec un peu de chance, tout sera rentré dans l'ordre demain. J'en suis même sûr. Le tout, c'est de ne pas paniquer.

La foule écoutait en silence. Le message passait.

— Si certains d'entre vous ont des difficultés, qu'elles soient de nature médicale ou autre, ils peuvent se mettre en rapport avec moi ou avec les gendarmes. Nous allons créer une sorte de... cellule d'urgence, pour venir en aide à ceux qui en ont besoin. Mais je vous le répète, tout se passera bien. Y a-t-il des questions ?

Quelques bras se levèrent.

— Pouvons-nous continuer à déposer notre courrier dans les boîtes aux lettres ? demanda un homme au visage couperosé.

Le maire leva un sourcil.

— Euh, je suppose que oui. Les facteurs continueront de relever les boîtes, et le courrier partira dès que le problème sera résolu. Une autre question ?

— On ne peut plus quitter le village par la route, demanda une jeune femme, mais a-t-on essayé par les voies d'eau ?

— Vous faites allusion au canal ?

— Ou à la rivière.

— Nous y avons pensé. Demain, les pompiers mettront une embarcation à l'eau, et tenteront de descendre le canal jusqu'à Corbinand. Mais entre nous, je doute que...

— Et par voie aérienne ?

— Je voudrais bien mais il faudrait un avion, ou un hélicoptère. Personne n'en possède.

— Il y a l'ULM de Pierre Durand.

Pierre Durand était un original qui survolait occasionnellement le village dans son ULM pendulaire, avec un bruit de bourdon qui fascinait les enfants.

Le maire fit la moue.

— Il faudrait demander à M. Durand s'il veut bien mettre son engin au service d'une expérimentation.

Interpellations, suggestions, réclamations s'enchaînèrent.

— Si les cars scolaires ne passent toujours pas demain, pourra-t-on créer une structure d'accueil provisoire pour nos enfants ?

— Est-il prudent de boire l'eau du robinet ?

— Qui est le médecin de garde ?

— Demanderez-vous l'état de catastrophe naturelle ?

La réunion s'éternisa ; les questions devenaient de plus en plus techniques, et les réponses du maire de moins en moins précises. Au bout de quarante-cinq minutes, il déclara qu'il était temps de se séparer, et donna rendez-vous aux nécessiteux à la mairie, où les pompiers et les médecins assureraient le service d'urgence.

La soirée fut longue. Nerveux et incapables de rester seuls, beaucoup de Châtillonnais demeurèrent dans les rues jusqu'à minuit et plus, horaire inaccoutumé dans la région. Les plus jeunes consultaient frénétiquement leurs portables, obsédés par le rétablissement du réseau. Les trois cafés étaient bondés ; beaucoup d'habitants trouvaient du coup que malgré la gravité possible de la situation, l'ambiance n'était au fond pas désagréable.

Outre leur besoin de parler, les gens hésitaient à rentrer chez eux à cause de la peur primitive de la nuit, qui refaisait surface dans ce contexte de crise. Des idées confuses émergeaient dans les cerveaux fatigués. Et si cette journée étrange était la prémisse d'une attaque, d'un siège, d'un assaut venu de l'étranger ? On imaginait des nuées de sauvageons déferlant sur la ville, une expédition punitive, et on murmurait le nom de ce village limousin ravagé en 1944 par une colonne allemande. Les gendarmes, pour juguler l'affolement, certifiaient qu'ils patrouilleraient toute la nuit, et incitaient les villageois désemparés à rentrer chez eux.

Vers deux heures, les derniers récalcitrants vidèrent leur verre et quittèrent les bistrots. Chacun se coucha avec des pressentiments sombres, mélangés au vague espoir que demain cette affaire serait terminée.

*

Sitôt réveillés les Châtillonnais se ruèrent sur leurs téléphones, télévisions et ordinateurs. Rien ne fonctionnait. Ils étaient toujours bloqués, comme sur une île entourée d'eaux dangereuses. L'amusement de la veille avait disparu. De nouveau chacun sortit pour causer, s'informer, se rassurer ; des ragots naissaient, circulaient, mouraient et ressuscitaient, plus absurdes les uns que les autres. Certains parlaient d'intenter des procès quand tout serait fini, sans savoir à qui.

Un conseil municipal extraordinaire fut organisé à la mi-journée. Les conseillers, qui d'ordinaire traitaient les affaires communales dans la bonne humeur, arboraient cette fois une mine soucieuse. Malgré la foule nombreuse, la réunion se tint dans un silence admirable, avec discipline et dignité. Le maire, pour que les débats soient utiles, coupa court aux tentatives de développer des théories explicatives du phénomène.

— Nous n'avons pas à chercher pourquoi les choses sont comme elles sont, dit-il, mais comment y faire face.

Cette formule déclencha quelques applaudissements.

Le conseiller Ancel Bernet, menuisier-charpentier, géant sympathique affublé d'une belle moustache gauloise, fit observer que, pour attaquer le problème, il fallait d'abord bien le connaître.

— Il serait utile de recenser ce qui coince, et de déterminer l'étendue de nos difficultés. À qui pouvons-nous téléphoner ou pas ? Jusqu'où pouvons-nous aller, à pied, à vélo ou en voiture ?

Mme Bardet, institutrice, l'approuva et attira l'attention du conseil sur la nécessité de protéger les véhicules intacts contre les pannes. Il fallait par conséquent délimiter avec soin le périmètre de circulation autorisée.

— Établissons une carte, dit-elle, et installons des barrières pour empêcher les conducteurs inattentifs de se jeter dans la gueule du loup.

— Mais la frontière qui ceinture le village est invisible, objecta le maire.

— Pour ce qui est de la route de Névry, la file de voitures à l'arrêt près de l'Huis-Merleau matérialise naturellement la limite. Il suffit de barrer la route en amont, avec une signalisation appropriée.

Le maire griffonna quelques mots sur un calepin.

— Et pour les autres routes ? demanda-t-il.

— Il y a aussi des voitures en panne sur la départementale de Château-Quercy, répondit le conseiller Claudet. À trois kilomètres après Tamony-en-Bierre.

— Et sur la route de Corbinand ?

— Ça, je ne sais pas.

Silence.

— Je ne vois qu'une solution, déclara Ancel : sacrifions des voitures-tests sur toutes les routes du canton. Nous saurons ainsi où passe la limite entre la zone, euh…

Les mots « zone libre » et « zone occupée » lui vinrent aux lèvres, mais il les retint pour ne pas ajouter à l'angoisse collective.

— La zone où on peut rouler et celle où on ne peut pas.

— Très bien, fit observer Michel Bavier, l'électricien. Qui conduira ces voitures ?

— Peu importe, répondit Ancel.

— Envoyer leurs conducteurs au casse-pipe n'est pas prudent.

— Quels sont les risques ?

— On n'en sait rien. C'est justement le problème.

— Les conducteurs des voitures tombées en panne hier se portent bien, que je sache.

— Mais qui nous dit que ça ne détraque pas l'organisme à long terme ?

Un frisson parcourut l'assistance. Quelques regards compatissants se portèrent sur le facteur Rambier, qui pâlissait.

— Il faudra bien que quelqu'un s'y colle, trancha Sylvestre Agnelet. Il est vital de savoir jusqu'où nous pouvons rouler, afin de préserver notre parc automobile. S'il le faut, je me dévouerai.

Murmures d'approbation. Le maire ne reculait pas devant ses responsabilités.

— Je suggère par ailleurs de n'utiliser pour ces tests que de vieilles guimbardes.

— Nous n'utiliserons pas les camions municipaux ? s'étonna Bavier.

— Il serait sage de ne pas mettre nos utilitaires en danger.

— S'agissant d'expérimentations menées dans l'intérêt général, je trouverais normal qu'on mette les biens collectifs à contribution.

— Nous aurons besoin de nos camions si la crise continue.

Le maire hésita. Il avait une idée, mais elle risquait de heurter la conscience de certains administrés. En même temps, il fallait les accoutumer dès à présent à l'idée que, dans ce contexte, la raison d'État pouvait s'imposer plus rudement qu'en temps normal. Il se lança donc.

— Je propose de réquisitionner les véhicules les plus anciens du canton, et de les employer comme cobayes.

L'assistance s'agita. Chacun voyait déjà sa voiture saisie pour les besoins de la cause, et lancée sur une route déserte où elle finirait par tomber en panne, sans garantie qu'elle soit réparable.

Le maire, pour apaiser la foule, fit une nouvelle démonstration de son esprit civique.

— Et j'offre ma propre voiture.

Touchés, plusieurs spectateurs se sentirent alors des vocations.

— Nous possédons une Deux-Chevaux hors d'âge, dit un vieil agriculteur. Elle est tout à fait défoncée, mais elle roule encore.

— Prenez la camionnette de mon père, renchérit son voisin. Elle a échoué au contrôle technique, mais elle fonctionne. À quatre-vingt-douze ans, papa ne s'en servira plus.

En trois minutes, vingt Châtillonnais mirent ainsi leur voiture à disposition de la commune. C'était plus qu'il n'en fallait.

— C'est parfait, déclara le maire.

Il se tourna vers la secrétaire de mairie, qui tenait le compte rendu de la réunion.

— Vous notez, Maryse ?

L'adjudant Packiewicz, qui assistait au conseil ès qualité avec voix consultative, leva la main pour une observation.

— Je crois bon de signaler que nous sortons du droit. D'une part, Monsieur le maire, la loi n'octroie pas le pouvoir de réquisition aux autorités communales ; et d'autre part, à supposer que vous preniez ce droit malgré tout, il s'agit d'un pouvoir de police qui relève de votre compétence propre, non d'une délibération du conseil municipal.

Ce langage juridique laissa l'assistance dubitative. Le chef Packiewicz était connu pour sa droiture morale et son formidable sens de la légalité. Il était tatillon, rigide et implacable, et ne tolérait rien de ce que ses prédécesseurs avaient souvent fait mine de ne pas voir. Les habitants admiraient son incorruptibilité, tout en la trouvant prodigieusement agaçante.

Le maire Agnelet, qui connaissait bien Packiewicz, savait cependant qu'il n'y avait chez lui aucun désir de nuire. Il ne lui en voulut donc pas de ce rappel prononcé sur le ton sec qui lui était coutumier, et y trouva même une occasion d'affirmer son autorité.

— Monsieur l'adjudant, vous avez raison : du point de vue de la loi, nous sortons des clous. Mais nous risquons d'en sortir souvent au cours de cette séance, et durant les jours à venir. Vous connaissez la théorie des circonstances exceptionnelles : la légalité prévaut en temps normal mais, si la conjoncture l'exige, le maintien de l'ordre et la continuité de l'État justifient tous les écarts. Je crois pouvoir dire que les circonstances actuelles sont de celles-là.

Des applaudissements saluèrent cette sortie, à la fois parce que l'argument touchait juste et parce qu'on n'était pas mécontent de voir Packiewicz renvoyé dans les cordes. Beau joueur, celui-ci se rangea derrière le maire.

— Et maintenant, au travail.

Les tests eurent lieu l'après-midi sous la conduite de Maxime Tourdieu, employé à la Direction départementale de l'équipement. Des pilotes se lancèrent sur toutes les routes du canton, suivies à distance respectable par les gendarmes, les employés de mairie et toutes sortes de curieux venus assister aux opérations. Comme prévu, les voitures tombaient en panne au bout de cinq ou six kilomètres ; le conducteur mettait alors pied à terre, ses suiveurs notaient sur un plan le lieu de l'incident, puis on balisait la route au moyen de plots et de barrières. Les résultats étaient centralisés par téléphone à la mairie, où Sylvestre Agnelet les reportait personnellement sur une carte.

Quand tout fut fini, les Châtillonnais purent contempler sur cette carte le domaine en dehors duquel la nature ne voulait apparemment plus qu'ils s'aventurent. Le canton de Châtillon-en-Bierre ressemblait désormais à une planète close d'environ quinze kilomètres carrés, en forme de losange, avec plusieurs excroissances aux allures de presqu'îles.

Les habitants ressentirent une certaine satisfaction. Le problème restait entier mais, en le circonscrivant dans l'espace, ils croyaient avoir fait un pas vers sa résolution.

— Il faudrait procéder à l'identique sur l'Arlon et sur le canal, dit Bavier.

— C'est sans doute inutile, rétorqua Mme Bardet. On peut facilement deviner jusqu'où la navigation est possible : il suffit de relier entre eux les *checkpoints* routiers proches des cours d'eau sur la carte, et de prendre cette ligne comme frontière.

Elle tira quelques traits, complétant le polygone.

— Voilà.

Tout le monde admira ce dessin, qui représentait le monde où ils vivaient à présent.

Les maires des communes environnantes situées à l'intérieur du périmètre, trop petites pour survivre seules, firent acte d'allégeance à Sylvestre Agnelet ; il fut décidé de les inclure dans le conseil municipal, où ils représenteraient chacun leur fief avec voix délibérative. Agnelet était galvanisé par cette preuve de confiance, mais aussi très angoissé : en pleine crise, le nombre de ses administrés était multiplié par trois. Gonflé d'orgueil et humble devant la tâche, il éprouva le besoin de faire une phrase historique et déclara, en désignant la carte punaisée au mur :

— Châtillon est séquestré, mais Châtillon vit toujours.

Interloquée, l'assistance ne répondit pas. Agnelet soupira puis ajouta, bien qu'il fût incroyant :

— Que Dieu nous vienne en aide.

*

Très vite se posa la question de l'approvisionnement. Les Châtillonnais, au début, n'y avaient pas pensé, habitués à voir bien garnis les rayons des magasins et à manger du pain frais tous les jours. C'était oublier qu'un camion faisait trois fois par semaine quatre-vingts kilomètres depuis Avelin pour décharger devant la supérette deux à quatre palettes de marchandises, que les boulangers achetaient leur farine à Névry et que par Névry transitaient aussi les viandes des boucheries. Or, ces sources étaient à présent taries ; n'était disponible que la marchandise entrée dans le canton avant la date du 15 septembre.

Ainsi la supérette devint-elle le centre de toutes les attentions.

Cet établissement doté d'une boucherie, d'un étal de légumes et d'un rayon de droguerie avait été construit en 1983 à proximité du champ de foire, révolutionnant les modes de consommation des Châtillonnais qui pour certains n'étaient jamais sortis du canton, et n'avaient donc jamais vu un caddie.

Cette nouveauté fut fatale aux deux épiceries traditionnelles existant à l'époque, dont la clientèle émigra spontanément vers ce grand magasin lumineux, moins cher et bien achalandé.

M. Duval, patron de l'épicerie fondée à la Libération par son père, fut laminé par cette concurrence et jeta l'éponge au bout de deux ans. Il prit sa retraite le 7 janvier 1985, après quarante ans de service. Faute de successeur, il revendit son pas-de-porte à une société d'assurances.

Quant à Mlle Leclair, propriétaire d'un magasin d'alimentation situé au bout de la rue du Docteur-Edmond, elle tint bon jusqu'en 1987, malgré la chute de son chiffre d'affaires qui, sur la fin, se rapprochait de zéro. Elle aurait pu fermer boutique plus tôt, ayant atteint l'âge de la retraite ; mais elle refusait de s'avouer vaincue, et se posait en défenseur du petit commerce face à la grande distribution. Elle n'abandonna que quand ses forces diminuées l'empêchèrent de continuer, et garda jusqu'à sa mort une dent contre la supérette et contre ses anciens clients qui l'avaient trahie. Aussi, tous les jours, et parfois deux fois par jour, elle allait déambuler dans le magasin qui avait causé sa ruine, arborant une moue dubitative et proférant des commentaires désobligeants sur la marchandise. Elle tripotait les conserves, dérangeait les rayons, comparait les prix, mais n'achetait jamais rien ; elle sortait les mains vides sans saluer les caissières, se plantait sur le trottoir et notait dans un carnet les noms des clients qui défilaient. M. Parent, le directeur de la supérette, excédé par son manège, appela plusieurs fois les gendarmes, qui la reconduisaient diplomatiquement chez elle ; elle protestait qu'elle ne faisait rien de mal, ce qui était vrai, et promettait de ne plus recommencer. Mais au bout de quelques jours, elle était là de nouveau, épiant la clientèle d'un air hostile. On racontait qu'une fois, le cantonnier l'avait trouvée au sommet d'un arbre, de l'autre côté du terrain de football, avec son carnet et une paire de jumelles ; elle y avait grimpé pour mieux espionner les allées et venues, et n'arrivait plus à descendre.

À la fin des années 1990, sa santé déclinante la contraignit à stopper son harcèlement ; elle s'éteignit le 1er juillet 2000, seule et sénile. Ému par la mort de cette ennemie pittoresque et opiniâtre, M. Parent fit livrer une gerbe de fleurs à ses funérailles, et ses employés observèrent une minute de silence à sa mémoire.

Mais revenons à la crise. M. Parent comprit tout de suite le rôle stratégique qu'allait jouer son magasin dans les jours à venir, avec ses précieuses réserves de nourriture. Le 15 septembre, l'activité avait été normale, et même plus faible que d'habitude parce les clients, occupés à commenter le phénomène et à causer, n'avaient pas eu le temps de faire leurs courses. Dès le 16 au matin, en revanche, le chiffre d'affaires avait bondi de façon spectaculaire ; les Châtillonnais affluaient pour se constituer des réserves, notamment les personnes âgées qui faisaient main basse sur le sucre, la farine, les boîtes de conserve, le lait en poudre et l'eau minérale. Certains, après avoir rempli leur caddie à ras-bord et transvasé leurs achats dans leur voiture, revenaient même pour une deuxième tournée. À midi, M. Parent fit ses comptes, et découvrit le cœur battant qu'il avait vendu six fois plus de denrées qu'au cours d'une matinée ordinaire.

Le magasin fermait habituellement ses portes entre midi et deux heures ; son sens du commerce indiquait à M. Parent qu'il pourrait profiter de l'aubaine en faisant journée continue, mais il songea au retour de boomerang. Les stocks n'étaient pas illimités ; ce qu'achetaient les clients aujourd'hui manquerait à d'autres demain, et la supérette risquait la rupture à tout moment. Déjà, le rayon épicerie était à moitié vide ; son responsable, Pierrick Duffard, dit Duffy, trottinait sur ses jambes courtaudes en portant des cartons, sans suivre la demande. De même à la droguerie où les lampes de poche, les piles, les réchauds à gaz et le ruban adhésif manquaient. « Quand il n'y aura plus rien, pensa M. Parent, cela fera du grabuge. »

N'ayant pas l'habitude de décider seul, il aurait voulu prendre des consignes à la direction du groupe, à Avelin. Hélas, Avelin était injoignable, et lui sentait que l'avenir du village dans cette crise dépendrait en partie de lui.

Il demanda finalement aux employés de fermer les portes comme chaque jour, et même de baisser les grilles. Puis il fit venir Duffy et Leblond, ses deux chefs de rayon, pour un entretien confidentiel. Dans l'intimité du bureau directorial, il leur fit part de ses craintes.

— Nous sommes le grenier du village. D'ici à quelques jours, quand les gens auront vidé leurs placards, ils se tourneront tous vers nous.

Duffy se mordit la lèvre.

— Dans ces circonstances, il est de notre devoir de faire primer l'intérêt général sur l'intérêt du magasin. Nous sommes des commerçants, mais des patriotes avant tout.

Duffy et Leblond opinèrent.

Profitant de la fermeture méridienne, ils descendirent tous les trois dans les réserves et entreposèrent dans un local fermé à clé quelques caisses de biens de première nécessité qui, si les choses tournaient mal, prendraient la même valeur que l'eau dans un désert.

Tandis qu'ils travaillaient, des clients se massaient devant les grilles, attendant la réouverture. Duffy les aperçut par un vasistas.

— Chef. Regardez.

Combien étaient-ils là-dehors : cinquante ? Cent ?

— Tout ça va finir en émeute.

*

Ainsi le problème du rationnement fit-il irruption dans le débat public.

Le maire, conscient de la nécessité d'agir avant qu'il soit trop tard, supplia M. Parent de ne pas rouvrir son magasin tout de suite – au besoin, les gendarmes disperseraient les clients dont l'esprit s'échaufferait. Puis il téléphona à tous les commerces de bouche pour les prier de fermer provisoirement, en invoquant les intérêts supérieurs du canton et la survie de la communauté. Enfin, il convoqua un nouveau conseil extraordinaire, avec pour question unique à l'ordre du jour la gestion de la nourriture.

Les spectateurs furent à nouveau nombreux, et la discussion très animée. Le rationnement était une question sensible, qui mettait en jeu des principes fondamentaux : la liberté individuelle, la liberté du commerce, la justice, la solidarité, l'instinct de survie et la protection des siens. Tout le monde voulait prendre la parole. Le maire fit de son mieux pour modérer les débats, en rappelant sans cesse que le sujet était grave, qu'il concernait tout le monde et qu'on n'arriverait à rien si on perdait ses nerfs.

— Avant de décider quoi que ce soit, déclara Mme Bardet, il faut savoir de quoi on parle. Quels sont nos stocks ?

— Procédons à un inventaire, répondit le maire.

M. Lebon, chef d'atelier dans une entreprise de Saint-Bernin-sous-Bois, au chômage depuis le 15 septembre, leva la main.

— Je peux m'en charger. J'ai de la méthode.

— Très bien.

M. Parent, qui assistait au conseil avec voix consultative en tant que responsable de la plus grosse réserve du village, fronça les sourcils. Il n'aimait pas beaucoup la façon de parler des conseillers : pour eux, la collectivisation des denrées semblait acquise. Or, jusqu'à nouvel ordre, ses marchandises appartenaient à la société qui l'employait, et dont il entendait défendre les intérêts. Mais il jugea prudent de se taire, et écouta la suite des débats.

Le problème était simple : comment répartir les stocks parmi les habitants, sachant que la plupart des articles étaient périssables et que tout le monde en avait vitalement besoin ?

— Il n'y a qu'à laisser faire le marché, suggéra Bavier. C'est le mode de répartition le plus efficace pour les biens rares.

— Les prix ne vont-ils pas flamber ?

— C'est un risque à prendre.

Le public s'agita. Chacun s'imaginait débourser une fortune pour un kilo de sucre, une boîte de gâteaux secs ou une bouteille de vin.

— Ce serait la prime aux plus riches, se plaignit Raphaël Pithrier. Cette proposition n'est pas tenable.

Raphaël Pithrier était un petit homme chauve d'une quarantaine d'années, fonctionnaire au ministère de l'Agriculture à Névry, venu s'installer à Châtillon avec femme et enfants quelques années plus tôt. Bon camarade, sympathique et très bavard, il était apprécié par la plupart de ses voisins, malgré un tempérament revendicatif et des opinions politiques radicales. Il faisait parfois du démarchage avec ses enfants, proposant de signer des pétitions ou d'abonder une cagnotte pour une cause humanitaire.

On lui claquait généralement la porte au nez, mais il ne se décourageait jamais ; il passait à la maison suivante, sonnait et recommençait son laïus. Raphaël était un causeur professionnel, qui ne lâchait jamais le micro de son plein gré, répétait tout dix fois et possédait un authentique talent d'orateur. Devant un public influençable, il était capable de prouesses. Les jeunes l'adoraient, à cause de ses idées progressistes ; il les réunissait parfois dans sa cuisine pour parler de sujets graves, en buvant des boissons aux fruits et en fumant du cannabis. (Il n'en fumait pas lui-même, mais il se voulait libéral.) Certains trouvaient qu'il avait sur la jeunesse l'emprise d'un gourou, mais personne ne le croyait vraiment dangereux. Les agriculteurs cependant le tenaient pour un gauchiste nocif et ignare, et ils se méfiaient de lui à cause de son poste au ministère, qui faisait de lui un représentant naturel du despotisme étatique et européen – même s'il n'avait en réalité qu'une fonction administrative, et qu'il ne s'occupait pas directement d'affaires agricoles.

— La prime aux riches ! répéta Raphaël d'une voix tonitruante.

Cette expression péremptoire fit mouche. Raphaël savait que, dans un débat, la plupart des spectateurs se rangent à l'avis du dernier qui a parlé, ou de celui qui a crié le plus fort. Il s'efforçait toujours de remplir ces deux critères.

— Il n'a pas tort, déclara Pierre Lanthier, maçon à Allery. La crise ne doit pas favoriser les uns au détriment des autres.

Murmures.

— J'entends bien, dit le maire, mais que proposez-vous ?

La question ne lui était pas adressée spécialement mais Raphaël Pithrier sauta sur l'occasion. Il répondit d'une voix calme :

— Une répartition équitable des marchandises.

Eclats de voix dans l'assistance.

— Le *communisme* ! rugit Ancel Bernet.

— Il ne s'agit pas de communisme, mais de justice, précisa Raphaël.

— J'appelle ça du vol.

Raphaël sourit. Une joute commençait ; il était dans son élément.

— Peu importe le mot, reprit-il. Il n'en reste pas moins qu'en bonne logique nous devrions partager la nourriture parmi les familles, en proportion du nombre de membres. Avec éventuellement des critères de pondération, sur lesquels il faudrait s'entendre.

Il se tut puis ajouta avec une moue provocatrice :

— Du reste, si on poussait l'équité jusqu'au bout, on distribuerait non seulement la marchandise des magasins, mais les réserves de chaque maison.

Ancel Bernet n'en croyait pas ses oreilles.

— Tu veux collectiviser mon garde-manger ?

— Pourquoi pas ? répondit Raphaël.

Ancel éclata de rire, bien qu'il ne trouvât pas cela drôle.

— Je suis sûr que certains d'entre nous ont des stocks immenses, insista Raphaël, notamment les personnes âgées qui par habitude prévoient large, ainsi que les possesseurs de congélateurs qui se font livrer de grandes quantités de produits surgelés.

Un brouhaha s'éleva. Raphaël savait qu'il allait loin, mais il trouvait judicieux de provoquer un choc dans l'auditoire. Beaucoup comme Ancel se récrieraient, mais d'autres seraient troublés et se convertiraient à ses idées.

— Je ne comprends pas, intervint Lanthier. Si les placards de nos vieux sont remplis, c'est tant mieux pour eux, non ?

— Mais c'est injuste pour ceux dont les placards sont vides.

Lanthier haussa les épaules.

— Si ceux qui n'ont rien avaient su que le village serait coupé du monde, expliqua Raphaël, ils auraient pris leurs précautions, et accumulé des provisions. Or, ils l'ignoraient. A-t-on le droit de leur jeter la pierre ? Personne ne peut être accusé d'imprévoyance.

— Je n'ai pas dit qu'ils étaient imprévoyants, se défendit Lanthier.

— Je n'ai pas dit que vous l'aviez dit. Simplement, si les uns ont des armoires moins remplies que d'autres, ce n'est pas de leur faute.

Raphaël se tourna vers Ancel Bernet, qui se grattait le menton. Il sentit qu'il triomphait ; restait à porter l'estocade.

— Donc, continua-t-il, si ce n'est pas de leur faute, il serait injuste de leur en faire payer les conséquences. N'est-ce pas ?

Ancel ne répondit pas. Il sentait bien la logique dans l'argumentation de son adversaire, et peinait à trouver une parade. En la suivant, il aboutissait cependant à un résultat qui contredisait ses intuitions. Il ne savait pas comment s'extirper de ce piège. Raphaël enfonça le clou.

— Le *statu quo*, dans notre situation, est la pire des injustices, parce qu'il fait reposer la répartition sur le hasard. C'est exactement comme si on nous demandait de faire notre valise sans nous indiquer la destination. Supposons que nous atterrissions au soleil : ceux qui auront emporté des moufles et des parkas seront désavantagés. Mais si nous nous retrouvons au Groenland, ceux qui n'auront pris que des bermudas mourront de froid. Dans les deux cas, diriez-vous que c'est de leur faute ?

— Non, bien sûr, répondit Lanthier, désarçonné.

— Ne trouveriez-vous pas normal que les plus chanceux partagent leurs vêtements ?

La salle murmurait. Chacun commentait ces démonstrations percutantes, qui feraient leur chemin dans les esprits.

Mais Ancel demeurait insatisfait. Bien que dépassé par cette rhétorique, il en voyait les conséquences : une brigade d'inquisiteurs comparable à des agents du fisc, qui feraient le tour des maisons pour saisir les denrées. Cette image lui donna des frissons. Il contre-attaqua.

— Moi, je veux bien, lança-t-il, mais c'est robespierriste. On va venir *chez moi*, dans *ma* cuisine, pour compter *mes* biscottes dans *mon* bahut, et les distribuer au voisinage !

Une voix anonyme plaisanta :

— On ira jusque sous ton lit, pour vérifier que tu n'as rien caché.

Cette moquerie déclencha des rires.

— Et puis, poursuivit Ancel… Ma nourriture, je l'ai payée, non ?

Nouveau brouhaha. Raphaël Pithrier répliqua tout de suite, pour ne pas laisser le vent tourner.

— Oui, mais c'était avant. Les circonstances ont changé. Si nous pouvions nous réapprovisionner, ma théorie serait à jeter ; en attendant, elle seule est conforme à la justice.

Des applaudissements retentirent. Raphaël avait emporté l'adhésion d'une partie du public, notamment celle des impécunieux dont les armoires étaient vides et qui ne voyaient pas d'autre solution pour l'avenir que de puiser dans celles d'autrui.

Le maire reprit la parole pour attirer l'attention sur un paramètre important, susceptible de donner à la conversation une élévation nouvelle.

— Je vous rappelle que nous ignorons combien de temps notre réclusion durera. Si ça se trouve, il faudra tenir des mois. Peut-être des années. Il ne faut donc pas seulement réfléchir à nos besoins immédiats, mais aussi au futur.

Cette prédiction pessimiste ramena le silence. Le maire toussota, puis ajouta :

— Mes chers concitoyens, nous devons faire preuve de la plus grande parcimonie dans la gestion de nos ressources.

— On ne va quand même pas se laisser mourir de faim, répondit Martin Bazin, le maire d'Allery.

Le maire Agnelet lui jeta un regard sombre.

— Chacun est conscient de la gravité de la situation, dit-il. Je ne suis pas du genre à parier sur le pire mais, cette fois, les circonstances nous y forcent.

L'assistance buvait les paroles du maire, qui de minute en minute se sentait conforté dans son statut de chef. Convaincu de son rôle dans l'Histoire, il se fit à lui-même le serment d'être à la hauteur.

— La puissance publique, que j'incarne, veille à l'intérêt général. La continuité de l'État étant momentanément interrompue, le commandement suprême et légitime se concentre dans mes mains. Je décrète donc l'instauration à titre expérimental d'un mécanisme de rationnement dans tous les magasins du canton. Cela ne me fait pas plus plaisir qu'à vous, mais c'est nécessaire.

— Qu'est-ce que ça signifie, concrètement ? demanda Lanthier.

— Chaque foyer recevra des coupons donnant droit à une certaine quantité de nourriture, et d'autant plus de coupons que la famille sera nombreuse.

— Imitons le système des parts fiscales, proposa Mme Bardet. Un coupon par parent, un pour le premier enfant, un demi pour les suivants.

— Pourquoi pas.

Puis le maire se tourna vers Raphaël.

— Monsieur Pithrier, je prends note de votre argumentaire sur la mise en commun des celliers individuels. Au plan des principes, elle tient la route, et je ne la conteste pas. Mais je ne l'appliquerai pas tout de suite, afin de ne pas provoquer du ressentiment dans le village, au moment où nous avons justement besoin de…

Raphaël voulut couper le maire dans sa tirade, mais celui-ci haussa le ton.

— Où nous avons justement besoin de solidarité. De solidarité et, ajouterai-je, de générosité. C'est pourquoi je demande à tout le monde d'agir loyalement, et de ne pas utiliser ses coupons avant d'avoir vidé ses réserves. La tentation de protéger les vôtres en accumulant sera forte, mais rappelez-vous que vos voisins et leurs enfants ont aussi le droit de vivre. Nous sommes tous sur le même bateau.

Salve d'applaudissements.

— Maintenant, nous allons inventorier tout ce qui se mange. Les stocks de la cantine. Ceux de la supérette. Les épiceries d'Anulay, Allery et Tamony. Le dépôt de pain de Bazillion. J'en oublie. Les marchandises non périssables seront conservées le plus longtemps possible ; les autres seront consommées tant qu'elles sont fraîches.

Le maire s'arrêta pour reprendre son souffle. Des idées lui venaient. Il se sentit visionnaire. L'avenir se déroulait devant lui ; il faisait des plans à voix haute.

— Nous ne pourrons bientôt plus compter que sur ce que nous produisons. Chaque champ, chaque pré, chaque potager va prendre une importance capitale. Chaque vache, cochon, poule, dindon. Regardez votre jardin : il va vous sauver la vie.

Un long silence suivit ce beau discours. Raphaël Pithrier aurait voulu remettre le couvert, mais il sentit que l'occasion était passée. Il attendrait le prochain conseil. La Révolution ne se fait pas en un jour.

Une main se leva dans l'assistance. C'était Sylvain Bonnerond, agriculteur.

— Nous vous écoutons, dit le maire.

— Que faire pour le fuel ?

— Le fuel ?

— J'ai besoin de gazole pour mon tracteur, et de fuel pour ma maison. L'hiver approche.

Le maire se gratta le menton.

— En effet, il va aussi falloir qu'on s'occupe de ça.

Messes basses. Le public s'imaginait déjà dans les frimas, grelottant dans une chaumière gelée.

Rémond et Logeux, dont les garages faisaient aussi stations-service, furent questionnés sur leurs ressources. Ils disposaient ensemble de quatre cuves à moitié pleines : quarante mille litres chez l'un, trente-cinq mille litres chez l'autre.

— Soit un total de soixante-quinze mille litres, conclut le maire. Ce n'est pas beaucoup.

— Il faut fixer des priorités, affirma Mme Bardet.

Elle compta sur ses doigts.

— Les médecins. Les gendarmes. Le vétérinaire.

André Joly, couvreur-zingueur, intervint.

— Et les artisans. Sans camionnette, je ne peux pas transporter mon matériel.

— Dans les circonstances actuelles, je ne pense pas qu'on t'appellera tout de suite pour rénover une toiture, dit son voisin.

Joly s'indigna.

— Si un coup de vent fait s'envoler tes tuiles, tu seras bien content de me trouver.

— Messieurs, je vous en prie, lança le maire Agnelet.

Les débats s'enflammèrent.

— Avec une rotative de quatre mètres travaillant sur un labour d'hiver à mille sept cents tours, dit un paysan, mon tracteur consomme dix litres à l'heure.

— Le mien deux de plus, ajouta Bonnerond.

Raphaël ricana.

— L'agriculture écologique...

Les paysans le huèrent.

— Vous pouvez rire, monsieur Pithrier, déclara Bonnerond, mais nos cultures sont votre avenir. L'an prochain, si le village est toujours coupé du monde, vous n'aurez que nos récoltes à manger.

Le maire, connaissant l'hostilité réciproque entre la paysannerie et Pithrier, interrompit la polémique naissante.

— Monsieur Bonnerond a raison, dit-il. Nous devons porter une attention spéciale à la production agricole, et soutenir nos paysans. Puisque nous vivons en vase clos, il va falloir coordonner la production. Savoir qui fait quoi, en quelles quantités, et de quoi nous avons le plus besoin.

— Inventorier les semences, ajouta Bonnerond.

— Les traitements.

— Diversifier la production, pour minimiser l'impact des aléas climatiques. Dans notre situation, une chute du rendement serait catastrophique.

— Ne devrions-nous pas augmenter aussi la surface cultivée ?

— Conservons plutôt nos prés, répondit Jean-Marie Réali, éleveur à Anulay. Si nous voulons manger de la viande, les vaches doivent paître.

Tout le monde opina. Personne à Châtillon ne pouvait raisonnablement se passer de viande.

— Les abattoirs de Névry sont inaccessibles, fit observer Bonnerond. Qui tuera les bêtes, maintenant ?

Nouveaux murmures.

— Le vétérinaire pourrait s'en charger, dit le maire.

— Ou le boucher.

— Dans le temps, chacun tuait ses animaux, déclara un vieux paysan. Ce n'est pas si compliqué.

— Oui, mais il y a les normes sanitaires...

— Dans notre situation, on peut s'en passer.

— S'il vous plaît, intervint le maire. Ne nous dispersons pas. Pour le carburant comme pour le reste, nous procéderons avec économie, sans insulter l'avenir, en fixant les priorités. Les véhicules de gendarmerie, les médecins et le vétérinaire passeront en premier, comme le suggère Mme Bardet. Nous étudierons ensuite le cas des agriculteurs, pour voir dans quelle mesure l'utilisation des tracteurs et machines peut être diminuée sans attenter à la productivité. Après quoi nous statuerons sur les artisans, puis sur les chaudières à fuel individuelles.

Un spectateur intervint.

— Certains agriculteurs ne disposent-ils pas d'une cuve personnelle ?

Quelques paysans s'indignèrent, mais Réali temporisa.

— C'est en effet une pratique courante, avoua-t-il. Beaucoup ont une petite réserve à la ferme.

— Là encore, intervint le maire, je compte sur le sens des responsabilités de chacun, et…

Il fut interrompu par son collègue Lambert, maire de Tamony.

— Je veux bien que médecins et gendarmes passent avant tout le monde. Mais vu qu'ils consommeront du carburant prélevé sur ce qu'on peut considérer comme le bien commun, ne faut-il pas les obliger à utiliser les véhicules les plus économes ?

— Et surveiller leurs déplacements, renchérit Marc Caput, de Fresnet. Ils ne doivent pas gaspiller le mazout.

L'adjudant Packiewicz fronça les sourcils.

— Aucun de nos déplacements n'est inutile. La gendarmerie représente l'ordre public dans chaque recoin du canton.

— Là où j'habite, répondit Caput, il ne se passe jamais rien. Votre venue n'est pas nécessaire. La seule fois où vous auriez été utiles, lors du cambriolage chez M. Clamerey, vous n'êtes pas venus, bien qu'on vous ait appelés trois fois.

— Je n'étais pas en poste à cette époque, se défendit Packiewicz.

Les débats continuèrent jusqu'à neuf heures du soir et auraient duré longtemps encore si les participants n'avaient pas été tenaillés par la faim. Le soleil s'était couché ; les Châtillonnais ressentirent à nouveau la peur de l'obscurité. Leur village était pourtant plus à l'abri que jamais, puisqu'il était hermétiquement séparé de l'extérieur ; mais ils avaient hâte de se claquemurer chez eux, en attendant l'aurore.

M. Ternisien, qui habitait une petite maison près du pont sur le canal, à la sortie du village, fut l'un des derniers à partir. Il était employé depuis cinq ans au Crédit paysan, l'une des deux banques du village, où la plupart des habitants possédaient un compte. La discussion sur le rationnement l'avait captivé, car elle touchait à des questions d'économie ; il trouvait cependant qu'on n'était pas allé au bout des problèmes, car on n'avait parlé ni des finances, ni de la monnaie. Or, M. Ternisien pressentait qu'on allait en la matière au-devant de difficultés importantes. Pendant que les gens inquiets se précipitaient à la supérette, d'autres étaient passés à l'agence afin de retirer discrètement des liquidités – réflexe immuable des temps de crise, quand recule la confiance dans les écritures informatiques. D'heure en heure, la réserve des coffres avait fondu ; quant au distributeur automatique de billets, il était vide. Il en allait probablement de même à la Caisse de la Bierre, la banque concurrente.

De plus, en raison des communications coupées, M. Ternisien n'avait plus accès qu'aux comptes des clients domiciliés dans la Bierre ; les opérations interbancaires et les virements depuis l'extérieur étaient impossibles. Pas un centime ne sortait du canton, pas un centime n'entrait. Beaucoup de salaires ne tomberaient donc pas, ni les prestations sociales ; les Châtillonnais pour l'heure n'y pensaient pas, mais dans quelques jours ils seraient tous à découvert et s'affoleraient – d'autant que la plupart d'entre eux ne roulaient pas sur l'or, et n'avaient pas d'épargne pour affronter les coups durs.

Les idées se bousculaient dans l'esprit de M. Ternisien. Ses notions de macro-économie étaient frustes, et il perdait vite ses moyens dans les discussions abstraites. Il en souffrait ; il aurait voulu que sa pratique au guichet fût assortie d'une science. Il avait commencé de suivre des cours à distance et envisageait même de retourner à la faculté, mais il n'avait pas les moyens de prendre un congé sabbatique. Mais son savoir n'était pas si nul qu'il l'empêchât de deviner ce qui allait arriver : une crise financière s'ajouterait à la crise géographique, et la clôture de l'économie locale impliquerait de repenser le système des échanges au sein du canton.

Son imagination s'emballa. Il vit en pensée des foules furieuses aux portes de l'agence, des clients ruinés qui sous la menace l'obligeraient à des transferts illégaux. Puis il se figura un forgeron en sueur, frappant sur l'enclume une monnaie obsidionale pour parer au manque de liquidités. Enfin, il conjectura la fin de l'économie monétarisée et le retour au troc, un lapin contre une poule, un stère de bois contre dix bidons d'huile. Oui, de grands bouleversements se préparaient, et M. Ternisien se demandait s'il était inquiet ou impatient, comme si un révolutionnaire sommeillait en lui sous l'écorce du banquier.

*

Huit jours après le début de la crise, Marie Onzalle, quatre-vingt-quatre ans, constata le décès de son mari Jean Onzalle, quatre-vingt-onze ans. Il était mort dans son lit, sur le dos, mains jointes, un rictus aux lèvres. À son âge, la mort était une possibilité de chaque jour, et Marie ne fut pas étonnée ; elle écrasa tout de même une larme car elle aimait son Jean, autant qu'on peut s'aimer après soixante-cinq ans de vie commune.

Jean Onzalle était un héros de la Résistance. En 1940, à dix-neuf ans, il avait pris la tête d'un réseau actif dans toute la Bierre, avec des ramifications à Saint-Bernin et Château-Quercy. De cette époque, il avait conservé son nom de guerre, « commandant Marceau », ou simplement « commandant », et ses exploits inspiraient du respect aux jeunes. Il donnait chaque année une conférence à l'école primaire, frappant des générations d'élèves par son évocation vivante du maquis, des sabotages et des compagnons morts pour la liberté de la Bierre, de la France et du monde.

Après la victoire, Jean Onzalle s'était établi comme ouvrier agricole, puis comme mécanicien indépendant. Il ne sortit jamais de Châtillon, il ne prit jamais de vacances, il n'alla jamais plus loin que

Névry. Châtillon était son monde ; autant dire qu'il n'avait pas dû être dérangé par les événements récents.

Marie téléphona à ses deux enfants vivant dans le canton (les deux autres, installés à Paris et à Nantes, étaient injoignables), à sa sœur, à son beau-frère, au médecin, au curé et au maire. Ce dernier lui présenta ses condoléances, et déclara que le village n'oublierait pas ce qu'il devait au défunt. Puis il songea à des problèmes plus pratiques, notamment l'inhumation. Il n'y avait plus d'entreprise de pompes funèbres au village depuis 1972 ; on faisait appel à des sociétés de Névry ou Decize, qui hélas ne pourraient pas venir cette fois-ci. Il faudrait improviser. En accord avec la veuve, le maire demanda donc aux menuisiers du coin d'émettre un devis pour un cercueil ; on utiliserait une camionnette de la commune en guise de corbillard. Quant à la thanatopraxie, les médecins s'en chargeraient.

La nouvelle de la mort d'Onzalle se répandit très vite, et provoqua un grand trouble dans la population. En temps normal, elle n'aurait ému personne , chacun en aurait pris acte avec flegme, en s'informant poliment sur la date des obsèques. Mais cette fois, les Châtillonnais étaient bouleversés, y compris ceux qui ne connaissaient pas Onzalle ; il était le premier trépassé de l'ère nouvelle et, bien qu'il n'y eût aucun rapport entre sa mort et la crise, les gens ne purent s'empêcher de chercher des corrélations mystérieuses. Onzalle serait-il mort sans les phénomènes étranges qu'on connaît ? Ce vieillard robuste et vaillant, qui sortait peu mais qui coupait son bois, aurait normalement dû passer la centaine. Avait-il été victime de la chape qui pesait sur le village ? Peut-être le phénomène n'était-il pas fatal qu'aux moteurs, mais aussi aux vieux corps ; certains octogénaires depuis quelques jours se plaignaient d'ailleurs de leurs jambes plus lourdes, de leur souffle plus court, de leurs rhumatismes plus douloureux, et tous les hypocondriaques du canton défilaient chez les docteurs Ruche et Despise pour des céphalées, des maux de ventre, des insomnies et des crises d'angoisse.

Mais la consternation des Châtillonnais avait en fait une cause plus obscure et plus profonde. En quittant cette Terre, Jean Onzalle les rappelait à leur condition de mortels, dans un contexte où leurs défenses psychologiques étaient affaiblies. La fin d'un vieillard était dans l'ordre des choses ; mais son trépas au milieu de cette crise devenait un symbole, un miroir, une manière d'allégorie.

Le jour des funérailles, l'église fut comble. Faute de place sur les bancs, certains restèrent debout, et les retardataires suivirent la messe depuis l'extérieur, en dépit de la bise automnale. Un silence surnaturel régnait sur le village.

Le père Delapierre, curé de la paroisse depuis vingt ans, était à la fois ravi et stupéfait. Son église n'avait plus accueilli tant de monde depuis des lustres. C'était même un peu vexant : sans la crise, personne ne serait venu. Ses ouailles ne se rapprochaient soudain de Dieu que parce que tout allait mal, et parce qu'elles avaient besoin de Lui. Mais cette émotion collective était une occasion de frapper leurs esprits, et de renouer durablement les liens entre l'Église et la Bierre. La mort d'Onzalle confrontait les Châtillonnais au vertige de l'Au-delà, à la finitude des choses et au sentiment profond du divin ; d'une certaine manière, songea le curé, elle était providentielle. Et, contemplant depuis la sacristie les travées pleines à craquer, il comprit qu'il ne tenait qu'à lui qu'elles fussent aussi garnies le dimanche suivant, et toutes les semaines à venir, aussi longtemps que durerait le phénomène. Le poisson était là, grouillant ; il n'y avait qu'à lever le filet.

Martin, le fils du défunt, lut un extrait de l'Évangile selon saint Marc ; puis on chanta un psaume sélectionné par le curé pour sa résonance avec l'actualité :

Ils ont marché au pas des siècles vers un pays de joie
Ils ont marché vers la lumière pour habiter la joie
Ils ont laissé leurs cris de guerre pour des chansons de paix
Ils ont laissé leur bout de terre pour habiter la paix...

Et les Châtillonnais émus pensaient à leur terre à eux, cette lande dont peut-être ils ne sortiraient plus, ce vaisseau miniature et arboré, comme une planète en réduction où Dieu désormais voulait qu'ils accomplissent leur destin.

Enfin vint l'homélie, que le père Delapierre avait préparée avec un soin spécial – pour la première fois depuis longtemps, il l'avait entièrement écrite, au cours d'une soirée fiévreuse qui lui avait rappelé ses enthousiasmes de séminariste. Il mit à la lire toute son âme, sa force de conviction, son éloquence. Il n'était pas un orateur très doué mais il ne bafouilla pas, et trouva les accents les plus justes. Il excita l'attention de ses ouailles en ne leur parlant pas de ce pour quoi elles étaient venues. Car il n'était pas dupe : l'assistance se fichait du vieux Onzalle, elle voulait surtout l'opinion de l'Église sur les événements, et peut-être une réponse. Aussi fit-il d'abord un long éloge du disparu, vantant sa vie simple et honorable, son courage pendant la guerre, sa vieillesse paisible et heureuse, récompense de l'homme honnête et travailleur. Cela dura quinze minutes ; il voyait sur les visages que le public n'en pouvait plus d'attendre, et qu'il était mûr pour tout entendre.

Alors il reprit son souffle, et attaqua son morceau de bravoure. L'assemblée l'écoutait passionnément ; ce fut un moment magnifique, vingt minutes d'élévation durant lesquelles, abandonnant son ton terre à terre habituel, il entretint les Châtillonnais de la toute-puissance de Dieu et de la petitesse de l'homme, de la confiance qu'il fallait Lui garder dans les épreuves, et des miracles que chacun pouvait accomplir en suivant l'enseignement du Christ. Il parla de générosité, de grandeur et d'humilité ; il recourut à des images somptueuses, et fit même quelques phrases poétiques. Tout n'était pas limpide, il perdit deux ou trois fois le fil du propos, mais l'auditoire n'y prit pas garde, frappé par certaines formulations réussies.

« La Terre où nous vivons est plus petite, mais elle reste notre Terre. »

« Elle est plus petite, aussi Dieu y est-il plus présent. »

« Le bien et le mal que nous y faisons sont plus intensément ressentis. »

« Regardez votre voisin ; plus que jamais, il est votre frère. Aimez-le comme tel, et vous serez aimé en retour. »

« Vous vous croyez des prisonniers. Mais qui dit que vous n'êtes pas plutôt des élus ? »

Chacun méditerait longuement ces phrases d'amour et d'espoir, qui ouvraient à la pensée des horizons nouveaux. Le père Delapierre n'était pas un philosophe, et à peine un mystique ; à cinquante-cinq ans, dont quarante au service de l'Église dans plusieurs pays d'Europe et jusque dans cette paroisse rurale où pour célébrer la messe dans sept églises il parcourait chaque semaine plus de trois cents kilomètres, il était même un peu blasé, et sa foi s'était émoussée sous l'effet de la routine. Mais il semblait aujourd'hui renaître à l'apostolat, au goût de la prédication, et trouvait le ton convenable pour exploiter le trouble des paroissiens et leur indiquer le chemin de la lumière.

À titre personnel, il ne savait pas quoi penser des événements. On aurait pu s'attendre à ce qu'il y discerne un miracle, mais il avait plutôt tendance à croire dans une cause scientifique. L'essentiel était de toute façon d'en profiter pour favoriser le sentiment religieux, et il était bien décidé à saisir ce coup de pouce du destin.

Quand la cérémonie fut finie, l'assistance bouleversée se transporta sur la place de la mairie, d'où partirait le convoi funèbre. Le centre-ville était noir de monde ; la foule s'étalait jusque dans la rue Michel-Laurin face à l'église, et tout le long de la rue du Docteur-Madiran. Le maire Agnelet vêtu de noir papillonnait parmi ses administrés, serrant des mains par dizaines.

Soudain, on entendit des rires et des clameurs.

Certains tressaillirent, croyant à une profanation.

Mais non : c'étaient les petits du village qui, ignorant les abîmes où la mort d'Onzalle avait plongé leurs parents, s'étaient soustraits à leur surveillance pour improviser un match sur le terrain de football en contrebas. Et le contraste était frappant entre les réflexions grandioses des adultes et la joie naïve des bambins, qui couraient en criant comme pour rappeler à leurs aînés que même sur une planète de quinze kilomètres carrés, rien n'interdisait de vivre ni de s'amuser un peu.

*

Une conséquence étrange du phénomène durant cette période initiatique fut le besoin qu'éprouvèrent les Châtillonnais de parcourir le canton à pied, à vélo, à motocyclette ou, pour ceux qui n'avaient pas peur de gaspiller le carburant, en voiture. Jamais ils ne se promenèrent davantage qu'au cours de ces journées d'automne.

Cette frénésie s'expliquait en partie par l'ennui, notamment chez ceux qui, travaillant d'habitude à l'extérieur, étaient réduits au chômage technique ; mais elle procédait surtout d'une envie profonde de reprendre possession du territoire réduit dont la Providence exigeait qu'ils se contentent, à le reconnaître comme leur et à s'en rendre maîtres. Sentiment nouveau pour eux, qui n'avaient jamais trouvé nécessaire d'explorer leur environnement ; la plupart étaient plus familiers de Névry et de ses zones commerciales que des paysages champêtres de la Bierre, et beaucoup ne s'étaient même jamais donné la peine de visiter Oulliers, Fleury ou Bazillion, villages voisins qu'ils ne connaissaient que de nom grâce aux panneaux indicateurs, conformément à la loi générale selon laquelle ce qui nous est le plus proche nous est aussi le plus étranger. De fait, quand des amis en villégiature leur demandaient quoi visiter dans les environs, ils ne savaient pas quoi répondre ; parfois même, c'étaient leurs invités de Paris, de Lille ou du Brésil qui leur révélaient l'existence près de chez eux d'une forêt domaniale, d'un site classé ou d'une chapelle romane.

Or, cette ignorance désormais n'était plus possible, car le lointain n'existait plus. Tous prenaient conscience que la Bierre, avec ses prés, son canal et sa rivière, représentait la totalité du monde accessible ; il était donc urgent de la connaître, comme pour s'assurer de sa réalité.

Ainsi la foule prit-elle possession des sentiers, des collines, des bois et des vallons. On redécouvrit les joies d'une promenade sur le chemin de halage le long du canal, si paisible avec son eau stagnante, ses joncs frémissants et ses vues dégagées. La forêt de Vincerres, près de Biges, se remplit de familles en goguette et de marcheurs solitaires, qui coupaient dans les taillis comme pour se perdre. Chacun voulait posséder à fond la géographie du canton, tout savoir des boucles de l'Arlon et des chemins agricoles. Qui labourait ce champ ? De quelle ferme dépendait ce pré ? Jusqu'où s'étendait le monde ? Au bout de ces promenades, inévitablement, on butait sur la frontière : rangées de voitures en panne, barrières posées par la mairie, signes multiples qu'ici cessait la liberté et commençait l'au-delà.

Cet effort de réappropriation permit aux Châtillonnais de constater que leur contrée était moins petite qu'ils ne l'avaient craint. La Bierre était vaste, pleine de ressources, accueillante et tempérée ; on y serait prisonnier sans se marcher dessus, on y respirerait à son aise. Certains, malgré tout, supportaient mal l'idée d'y être enfermés et, se prétendant claustrophobes, tournaient en rond comme dans une cage.

— Vous ne sortiez pourtant jamais du village, objectait le docteur Ruche à qui ils réclamaient des anxiolytiques.

— Oui, mais c'était différent : on savait qu'on pouvait partir.

Réponse mal comprise par les pragmatiques, qui voyaient dans ces plaintes le signe d'un caractère faible et l'expression de maladies imaginaires.

Il y avait aussi des amateurs de paradoxes, qui trouvaient que le monde était maintenant plus grand, et qu'on y étouffait moins.

— Mon jardin comparé jadis à la planète était minuscule, disaient-ils, mais mon jardin comparé au canton est très grand. Or, comme la planète est réduite aux dimensions du canton, chacun jouit en termes relatifs d'un espace plus grand.

Les claustrophobes haussaient les épaules devant ces arguments subtils, et le débat s'arrêtait là.

Le père Ferrand, soixante-dix-sept ans, pensionné de l'industrie minière, n'avait quant à lui pas attendu la crise pour se promener par monts et par vaux dans la région. C'était depuis sa mise à la retraite sa principale occupation : chaque jour après le déjeuner, quel que soit le temps, il quittait sa maison de Mont-et-Malain pour une randonnée d'au moins dix kilomètres, avec sa canne et ses vieux souliers. Il marchait moins vite depuis quelques années, à cause de l'âge et de l'arthrose, mais sa forme physique faisait toujours l'admiration des voisins, qui l'imputaient à ses habitudes pédestres. Phénomène ou pas, donc, le père Ferrand continua d'arpenter ses sentiers, faisant des pauses toutes les demi-heures pour reprendre son souffle, contempler la nature et jouir du silence.

Il ne changea pas ses itinéraires ; simplement, quand au gré des chemins il arrivait près du cercle invisible qui l'empêchait d'avancer, il se posait des questions. Pourquoi était-il bloqué ? Le chemin continuait devant lui, engageant ; il existait, mais il n'était plus praticable. Cette bizarrerie contre-intuitive le laissait perplexe. S'il n'était pas si vieux, il aurait été y voir par lui-même, comme le facteur Rambier qui paraît-il s'était vainement élancé sur la route de Névry devenue sans fin.

Qu'était devenu le monde, de l'autre côté de ce mur ? Peut-être la Bierre était-elle miraculée d'une apocalypse – un bout de planète rescapé du cataclysme. Peut-être qu'au bout de la route, il y avait le vide. Un trou noir. À moins qu'au contraire la vie là-bas ne continuât ; la Terre avait tiré un trait sur Châtillon, village perdu dans les limbes au milieu de la France. Comment savoir ? Il sourit, et songea : « Le temps du monde infini recommence. »

L'homme, pensa-t-il aussi, se demandait jadis s'il était seul dans l'univers. Le monde s'étant réduit aux dimensions de la Bierre, le Châtillonnais se demande à présent s'il est seul sur la Terre. Une réduction de plus, et chacun s'interrogera s'il y a quelqu'un au-delà de son jardin, de sa chambre, de son lit. De sa tombe.

Le père Ferrand secoua la tête, fit demi-tour et reprit sa balade, donnant au passage un coup de pied dans un caillou qui roula vers le fossé.

*

Les rayons de la supérette furent bientôt vides, et l'épicerie de la rue du Docteur-Madiran baissa sa grille faute de marchandises à vendre. On ne trouvait plus nulle part de beurre, de yaourts, de biscuits, de pâtes, de terrines ni de viande sous vide. Les Châtillonnais s'étaient attendu à ces ruptures de stock, mais beaucoup furent surpris par leur soudaineté. Dépendions-nous à ce point du dehors, des villes, de l'économie mondiale dont nous étions maintenant coupés ? On ne pouvait plus compter que sur soi ; il faudrait apprendre l'autarcie, vivre chichement, renoncer à des denrées dont on n'aurait jamais cru devoir se passer, recentrer sa consommation sur les produits du cru.

Chacun regarda son jardin d'un œil neuf. Ces pelouses, ces gazons, ces terrains aménagés pour l'agrément des enfants, avec bacs à sable et balançoires, ces carrés en friche, c'étaient des potagers en puissance, de la surface cultivable, un moyen de survivre. Le magasin d'horticulture à la sortie du village fut dévalisé ; tout le monde s'équipa de binettes, râteaux, bêches, brouettes, graines et semences, et le maire Agnelet dut fixer là aussi des quotas.

Impatients, tous ces néomaraîchers auraient voulu planter et cueillir de suite, faire rendre instantanément à la terre ce qu'elle pouvait leur donner ; mais c'était le mois d'octobre, rien ne pousserait avant le printemps. On se maudissait de n'avoir pas semé l'année précédente, d'avoir laissé cette ressource en jachère ; on contemplait jalousement les plantations du voisin, dont on s'était si souvent moqué : lui au moins aurait des conserves cet hiver, et récolterait l'an prochain de beaux légumes pour cuisiner des soupes.

Quant aux paysans, ils étaient considérés désormais comme des messies, voire des demi-dieux. L'avenir du village était dans leurs champs. On parlait d'eux avec crainte et respect, on regardait émus leurs tracteurs rouler majestueusement dans les rues, sans se plaindre comme jadis qu'ils soient bruyants, qu'ils bloquent le passage ou qu'ils laissent derrière eux des mottes grasses et une puissante odeur de foin. Pour un peu, beaucoup auraient ôté leur casquette devant ces engins monumentaux, et certains seraient même tombés à genoux.

Il n'y avait pas à Châtillon de syndicat paysan mais une Union informelle de jeunes fermiers en tenait lieu, qui avait vocation à discuter les problèmes communs, à mutualiser les moyens et à soutenir les nouveaux. Elle était dirigée par Jean-Marie Réali, fils et frère d'éleveurs, propriétaire à Anulay d'une exploitation florissante de deux cents hectares.

Vu l'importance de l'agriculture dans le contexte de la crise, l'Union, inconnue jusqu'alors du public, devint une puissance sociale. À l'instar du maire Agnelet, Jean-Marie Réali fut propulsé vers des responsabilités nouvelles, et sentit souffler sur sa nuque le vent de l'Histoire. Aidé par son père Christian, paysan retiré mais très respecté par ses confrères, il fit de son mieux pour organiser la production et coordonner le travail de ses pairs. Tâche difficile, car les fermiers par tradition sont indépendants, et farouchement opposés à toute centralisation. Aussi prévinrent-ils d'emblée Réali qu'ils étaient d'accord pour travailler sous sa gouverne, mais que les décisions devraient être discutées au préalable et que, eux vivants, la Bierre ne se transformerait jamais en kolkhoze. Jean-Marie les rassura, garantissant que chacun resterait maître chez soi. Il faillit ajouter : « Autant que possible », mais il se retint.

Pour revenir au problème des stocks, il faut signaler ici qu'en dépit de certaines prédictions alarmistes le village ne connut pas d'émeutes de la faim. Il n'y eut même pas la queue devant la supérette, ni aux portes de la seule boulangerie encore ouverte, qui distribuait le pain au gramme près, et encore moins de bousculades ou d'insurrection. Dans un sursaut de dignité, les Châtillonnais mettaient en effet un point d'honneur à se débrouiller seuls, en recourant le moins possible à leurs coupons de rationnement. Il y avait à employer ces coupons une forme de honte, en sorte que quand en dernier recours il fallait s'y résoudre, les parents préféraient envoyer leurs enfants dans les magasins, pour ne pas apparaître en personne. Réflexe d'une population de vieille souche paysanne qui tient l'assistance en horreur : en Bierre, monsieur, on ne quémande pas. De toute façon, tout serait bientôt épuisé, il faudrait s'en sortir tout seul ; autant donc s'y mettre tout de suite, sans se bercer d'illusions ni retarder l'inévitable.

Tel était l'avis d'Ancel Bernet, à qui la crise n'avait pas ôté sa manie de faire à bicyclette le tour du village deux fois par jour, « pour prendre l'air ».

Le spectacle incongru de ce garçon massif et lent, juché sur une mécanique fragile, ne manquait pas d'amuser les passants. Son circuit habituel passait par la rue de la Madeleine, le terrain de pétanque où il saluait les joueurs – lesquels pour rien au monde n'auraient manqué leur partie quotidienne –, et la place de l'église où il s'asseyait noblement sous les marronniers, pour rentrer en lui-même et méditer. Cet incroyant n'assistait jamais à la messe – même à présent qu'elle faisait le plein, au point que le curé avait augmenté le nombre des offices –, mais il pensait que la proximité de ce lieu consacré l'aiderait à voir plus clair, et à pousser plus loin ses réflexions.

Son sujet du moment était la position étrange de Châtillon dans le temps, et les erreurs de l'idéologie du progrès qui voit le destin des sociétés comme une ligne droite. Châtillon donnait en effet l'impression inverse : celle d'être rendu au Moyen Âge. Les gens allaient à pied, ils ne mangeaient pas toujours à leur faim, la télévision et le téléphone faisaient défaut, les femmes cueillaient des baies dans les buissons et tout le monde envisageait de s'établir fermier.

Mais en même temps, et contradictoirement, Châtillon anticipait le futur : fin du pétrole, des communications faciles et des voyages instantanés. D'une certaine manière, pensait Ancel, nous sommes un village pilote, puisque nous expérimentons l'obligation de subvenir à nos besoins et de relocaliser les activités productives. Notre expérience pourra servir au monde. Quel dommage que nous en soyons coupés !

Ancel soupira, s'étira et remonta en selle pour regagner son atelier, songeant qu'il avait du travail.

*

Le travail ! Problème majeur pour de nombreux Châtillonnais, que l'impossibilité de sortir réduisait à l'oisiveté. Que pouvaient-ils faire, empêchés de rejoindre leur emploi, et même de téléphoner à leur patron pour prendre des consignes et travailler chez eux, sur leur ordinateur ?

Désireux de se rendre utiles, certains tentaient de se placer dans les fermes, offrant leur aide en échange d'un peu de nourriture. Mais les paysans craignaient que ces novices ne les ralentissent ; il fallait tout leur apprendre, sans compter qu'ils réclameraient fatalement d'être payés, malgré leurs intentions bénévoles. Quelques paysans malgré tout prirent un ou deux candidats à l'essai, en leur confiant des travaux de force qui ne nécessitaient pas de qualification.

Certains chômeurs se reconvertirent plus facilement. Hugues Gauthier, professeur de français dans un lycée à Névry, avait décidé de prendre en charge les élèves désœuvrés, en réorganisant un système scolaire. Grâce à lui, le maire put décréter la reprise des cours pour tous les jeunes de moins de quatorze ans. Un tiers au moins des enfants concernés fit cependant l'école buissonnière, sachant leurs parents trop occupés pour les surveiller. Ainsi naquirent des groupes de sauvageons qui battaient la campagne et se réunissaient dans des fermes à l'abandon, des cabanons de chasse et des grottes sur les rives de l'Arlon. On ignorait à quoi ils passaient leurs journées ; ils rentraient chez eux le soir, gais, sales et fatigués, sachant que personne ne leur demanderait de comptes.

Quant à leurs aînés, âgés de quatorze ans et plus, le maire voulut les enrôler pour des tâches d'intérêt général, sous la férule des artisans et des ouvriers municipaux. Outre l'utilité de ces renforts pour la collectivité, cela leur ferait acquérir des compétences, étant noté que cette génération assurerait bientôt la relève et la perpétuation du village, et qu'il fallait donc la former aux travaux manuels.

Beaucoup d'habitants protestèrent toutefois contre cette idée, qui faisait penser à du travail forcé. L'inévitable Pithrier monta au créneau, assurant que jamais ses fils n'entreraient dans cette milice (les grands mots lui venaient vite à la bouche). Il mobilisa une majorité de Châtillonnais contre le projet du maire ; rageant en secret contre cet empêcheur de tourner en rond, ce dernier recula.

Il y avait aussi parmi les chômeurs deux cas à part, des naufragés qui non seulement n'avaient plus de travail, mais se trouvaient tout à fait désorientés, car ils se trouvaient à Châtillon par hasard.

Le premier, Yves Sainte-Marie, représentant de commerce venu d'Alsace, était l'unique client de l'Hôtel de

France, qui l'avait accueilli pendant sa tournée de démarchage au moment exact du déclenchement de la crise. Le pauvre homme y vivait maintenant à demeure. Or, l'hôtelier, M. Lamiral, prévoyait comme chaque année de fermer son établissement pour l'hiver ; Sainte-Marie, très ennuyé, négociait avec lui la possibilité de rester dans les murs, en échange de travaux d'entretien. La bâtisse était immense, il y avait de quoi faire ; mais en même temps il craignait la solitude, songeant au danger de remâcher là sa situation absurde, au risque de devenir fou.

L'autre cas, plus pittoresque encore, était celui d'Édouard Masson, jeune habitant de Château-Quercy qui, le 14 septembre, était rentré saoul d'une fête à Névry, au volant de sa voiture de sport. Après avoir effectué la moitié du trajet et frôlé plusieurs fois les platanes de part et d'autre de la route, il avait jugé prudent de s'arrêter pour dormir un peu. Le destin voulut qu'il choisisse l'aire de repos de Châtillon, près de l'office du tourisme. Le lendemain, à l'aube, il fut l'un des premiers à tomber en panne après avoir repris son chemin, quelques kilomètres après Tamony. Depuis, il se maudissait d'avoir tant bu lors de cette soirée fatale et, en attendant la réouverture des frontières, il allait chaque jour à la mairie pour prendre des nouvelles et, peut-être, trouver des raisons d'espérer.

Il faudrait parler aussi de Jérémie Mathieu, un enfant du pays parti vivre à Paris. Ses grands-parents étaient de Crillonne, hameau de soixante âmes sur la route d'Anulay, non loin du château d'eau. Ils étaient morts, à présent, mais leur maison n'avait pas été vendue ; Jérémie venait y passer quelques jours de temps à autre, pour se reposer de la capitale et travailler au calme.

Il planchait depuis des années sur une thèse de philosophie dont le sujet avait souvent changé. Devinant qu'il n'en viendrait jamais à bout, il nourrissait en même temps d'autres projets : la littérature. Il traînait à cette fin un cahier rempli de notes, d'esquisses et d'intrigues, en vue d'écrire un chef-d'œuvre. Or, comme travailler à Paris n'était pas possible, à cause du bruit et des distractions, il prenait souvent le train jusqu'à Névry, puis le bus pour Châtillon, et faisait à pied les deux kilomètres restants jusqu'à Crillonne, où il retrouvait avec plaisir la vieille maison familiale avec ses parquets grinçants, son jardin en friche et son incroyable silence, rompu seulement deux fois par jour par la voiture de sa voisine.

Or, Jérémie était arrivé le 8 septembre, pensant repartir à Paris en octobre. Las ! Il était maintenant bloqué, comme tout le monde ; cette demeure rustique et fraîche, si commode pour réfléchir, s'était refermée sur lui comme un piège. Il n'y avait jamais vécu que pendant l'été, à la belle saison, et ne savait même pas comment fonctionnait la chaudière, ni à qui commander du fuel – et l'hiver approchait ! Heureusement, il y avait une cheminée ; il couperait des bûches dans les bois alentour, et se chaufferait à l'ancienne.

Son principal sujet de préoccupation cependant n'était pas d'ordre domestique : il avait surtout peur que Châtillon ne se rouvre jamais, et qu'il ne puisse plus revoir Paris. Car enfin, à quoi bon écrire un chef-d'œuvre s'il devait demeurer dans le canton ? Un chef-d'œuvre impossible à publier, à faire connaître au monde ? Allait-il écrire pour les trois mille habitants du coin, qui sûrement se ficheraient bien de le lire, et ne comprendraient de toute façon pas son génie (il aimait bien la Bierre, mais il n'avait pas une grande opinion des Bierrois – lesquels le lui rendaient bien) ?

L'attitude digne eût été de dire qu'il écrivait pour la postérité, et de rester indifférent aux conditions actuelles et futures de réception de son œuvre. Conquérir Paris n'était plus possible ? Eh bien, il écrirait quand même, et se contenterait des Châtillonnais, seul public possible. Ses romans, il les ferait imprimer sur place ; ses pièces de théâtre, il les monterait dans la salle communale, à défaut des grandes scènes parisiennes. Cela ferait de la distraction aux habitants. Peu importe qu'ils n'y comprennent rien. Peut-être grâce à lui s'élèveraient-ils à l'art, et qu'avec de la pédagogie et une progression subtile dans le choix de ses sujets il les rendrait aptes à entendre sa pensée.

Il soupira. Aussi bien, il pouvait enfermer ses manuscrits dans une boîte hermétique et les enfouir au fond du jardin, pour les mettre à l'abri des ravages du temps ; quand dans dix ans, cent ans, mille ans, Châtillon réapparaîtrait, des archéologues déterreraient cette boîte, et son génie serait connu.

Jérémie contempla par la fenêtre le prunier fatigué, la haie de charmes, la table de jardin. Comme Paris, si proche hier, était loin désormais ! Avant la crise, il lui suffisait d'allumer son ordinateur et de consulter quelques sites pour plonger depuis Crillonne au cœur de la vie intellectuelle, lire les articles de ses confrères, savoir qui pensait quoi et quels étaient les sujets du jour. La plus petite polémique, la moindre nouveauté, il les découvrait en temps réel, comme s'il était sur place. Sa cambrousse lointaine, par le miracle des communications, était comme un vingt et unième arrondissement. Mais à présent, Crillonne s'était détaché de l'univers, et lui se sentait banni, refoulé. Il ne savait plus rien ; il était ermite.

Il sortit, examina pensivement les orties dans le jardin, les herbes folles, les carottes sauvages, le noisetier qui perdait ses feuilles.

Ce sortilège qui frappait Châtillon, quelle épreuve pour sa vanité ! Libre à lui d'écrire, mais ce sera pour lui seul, et peut-être pour l'Histoire. Pas de gloire immédiate, pas de lumière, pas de flatteries.

Était-ce au fond si terrible ?

Jérémie ne savait plus quoi penser. Il hésitait s'il devait se décourager, parce que les événements le renseignaient douloureusement sur la sincérité de sa vocation (ce n'était pas d'écrire qui l'intéressait, mais de percer), ou s'électriser, parce qu'en le tenant à demeure la Providence ne lui laissait pas d'autre choix, sauf à mourir d'ennui, que de se mettre en train et d'accoucher enfin les livres dont il parlait depuis si longtemps. Ne disait-il pas lui-même que pour bien travailler, rien ne valait Crillonne, campagne paisible et monotone où les jours s'écoulent identiques à eux-mêmes, avec une régularité parfaite ?

Il caressa le tronc du châtaignier sous lequel il aimait l'été poser sa couverture, pour la sieste. De l'autre côté de la haie, il entendit un bruit ; c'était Mme Mulhiez, locataire de la maison mitoyenne, femme d'une quarantaine d'années, célibataire. Jérémie en temps normal n'aurait pas fait attention à elle mais, en tant que voisine la plus proche, une solidarité objective les liait désormais – c'est à elle qu'il s'adresserait en cas de difficulté, et inversement. En outre, elle était une femme, et lui un homme : constatation banale, mais qui prenait dans ce contexte une portée nouvelle. Jérémie avait laissé ses amantes à Paris, et ne connaissait ici aucune fille. Où irait-il à présent, pour les choses du sexe et celles du cœur ? Il n'avait plus à disposition que les Châtillonnaises ; il faudrait bien faire avec. Il réfléchit. Quelle proportion de femmes et d'hommes, dans le canton ? On ne coucherait plus qu'entre gens du cru, sans pouvoir papillonner ailleurs ; aussi les paysannes rustiques, les villageoises replètes, les filles contrefaites qu'en séducteur habitué aux pimbêches parfumées il n'aurait jadis même pas regardées, nul doute qu'il leur trouverait bientôt des charmes insoupçonnés.

Il sourit, s'approcha de la haie et se leva sur la pointe des pieds, afin de voir chez sa voisine si cette dernière était dans son jardin, et dans quelle tenue.

*

Ce premier hiver de réclusion fut long et rigoureux, le plus froid depuis des années. Apeurés au point de tout exagérer, certains disaient qu'on n'en avait même jamais vu de tel ; ils y voyaient un signe que l'impossibilité de sortir de Châtillon n'était que l'annonce d'autres calamités – le village s'enfonçait dans une ère glaciaire, le printemps ne reviendrait pas, la vie s'éteindrait jusqu'au sommeil éternel.

Dès la fin du mois de novembre, les températures chutèrent. On aurait voulu ne pas rallumer si tôt les chaudières, pour ne pas entamer les réserves de fuel et de bois, mais on grelottait dans les maisons malgré les pulls et les écharpes. Les femmes qui savaient coudre et tricoter furent très courtisées ; voisins et amis leur apportaient de la laine trouvée dans les placards, et de vieux vêtements chauds à raccommoder. Alors qu'hier les textiles usés partaient à la poubelle, ou devenaient des torchons, la moindre étoffe prenait à présent une valeur immense, et ceux qui savaient rapiécer étaient regardés avec envie. On redécouvrait l'utilité des petits savoirs domestiques – réparer une serrure, allumer un feu, colmater une fuite, piéger les oiseaux, manier la binette, la chignole et le ciseau de maçon. La hiérarchie des compétences se renversait ; l'essentiel n'était plus de savoir allumer un ordinateur ou calculer une TVA mais d'être habile, d'avoir du bon sens et de posséder des connaissances pratiques. Beaucoup de Châtillonnais paniquaient, qui n'avaient jamais travaillé de leurs mains ni accompli aucun des gestes dérisoires dont dépendait à présent leur survie.

Alors ils visitèrent les anciens et, humblement, leur demandèrent conseils et démonstrations. Les vieilles ménagères omniscientes, les grands-mères en tablier étaient des sources irremplaçables, qui savaient faire beaucoup avec très peu : tresser l'osier, fumer les viandes, conserver les légumes au vinaigre, accommoder les bas morceaux, entretenir les cuirs, soigner les maux. Elles connaissaient les recettes des ancêtres, qui au siècle dernier vivaient comme les Châtillonnais d'aujourd'hui, privés des facilités modernes.

À la mi-décembre, il commença de neiger. On n'avait pas vu ça depuis dix ans. La nuit, il gelait. Un redoux s'annonça avant Noël, mais chacun sentait que ce n'était qu'une relâche, et que le plus dur était à venir. De fait, le 31 décembre au soir, un blizzard s'abattit sur le canton, empêchant les Châtillonnais de célébrer l'an neuf. De toute façon, ils n'avaient pas le cœur à la fête. Comment se réjouir, quand tous les indicateurs montraient que la vie en 2013 serait plus dure, et que les frontières ne se rouvriraient pas ?

En janvier, les températures restèrent sous zéro. Les Châtillonnais se calfeutrèrent, désertant les rues enneigées. De temps à autre une silhouette silencieuse glissait dans le brouillard, couverte de manteaux, le visage sous une cagoule ; puis tout redevenait immobile.

À la mairie, la préoccupation majeure était de gérer la nourriture. Le maire avait réduit les rations. Mais c'était inutile : personne ne venait s'approvisionner, car les routes étaient si peu praticables que les bénéficiaires renonçaient à se déplacer. Dans les hameaux, on s'entraidait, d'autant plus facilement qu'on était souvent allié par le sang. Les familles se regroupaient, pour économiser le chauffage. On expédiait les enfants en forêt, pour qu'ils ramassent du bois mort ; les hommes posaient des pièges et chassaient le gibier. Un jour, à Bernay, une équipe tua un cerf ; c'était de la viande pour un mois.

Un silence surnaturel régnait dans la Bierre. Non pas à cause de la neige qui étouffait les bruits, mais parce qu'il n'y avait plus d'activités humaines. La Bierre hibernait. Que faire par ces températures arctiques, les membres engourdis, le nez rougi ? Travailler n'était pas possible ; la terre était trop dure, le béton gelait sur place. Mieux valait se terrer chez soi, économiser les vivres, et attendre.

Comme les intempéries rendaient difficile d'aller d'un bout à l'autre du canton, ses quinze kilomètres carrés paraissaient plus vastes. Pour marcher de Bernay à Collinon, il fallait un jour entier ; le moindre déplacement était épuisant, avec la neige meuble où s'enfonçaient les jambes, et les coups de vent qui cinglaient les joues.

Inquiets du sort de ses administrés isolés, le maire demanda aux pompiers d'organiser des maraudes. Quelques villageois désireux d'aider, ou simplement accablés de ne rien faire, se joignirent aux patrouilles. Une dizaine d'équipes écumèrent ainsi la campagne, frappant aux portes pour savoir si tout allait bien. Souvent, ils faisaient chou blanc ; les maisons étaient vides, leurs occupants s'étaient réfugiés chez un voisin pour survivre ensemble en attendant le redoux. Mais parfois, ils tombaient sur des vieillards grelottants qui passaient la journée dans leur lit sous une montagne de duvets, et ne se levaient que pour rallumer les bougies.

— Vous n'avez plus d'électricité ?

— Non. La neige pèse sur les branches d'arbres, qui cassent et arrachent les câbles.

En temps ordinaire, un réparateur serait venu ; mais maintenant ? M. Buet, technicien à la retraite, signala en mairie qu'il savait réparer les câbles à haute tension. Il n'avait pas tout le matériel nécessaire mais, en improvisant, il pourrait rétablir certaines lignes. Hélas, les conditions météorologiques l'empêchaient pour l'heure de faire quoi que ce soit.

Le maire Agnelet transforma la salle communale en centre d'accueil pour les habitants privés de chauffage. On installa des lits de camp, on distribua des couvertures et on monta une cuisine collective. Deux fois par jour, les réfugiés recevaient un peu de soupe ; ils se lavaient à l'eau tiède dans le local adjacent, l'ancien vestiaire de l'équipe de football. C'était pitié de les voir si misérables, et si désemparés.

Dans une chaumine sur une colline, à l'ouest de Fresnet, Besson et Réali trouvèrent deux corps bleus devant un âtre éteint : ces retraités n'avaient plus eu de visite depuis l'automne, ils étaient morts de froid.

Ils découvrirent aussi un squat, douze gamins en hardes réfugiés dans la cave d'une maison. Ils expliquèrent avoir d'abord vécu dans la grange, mais leur brasero s'était renversé et la bâtisse avait pris feu ; ils avaient donc transporté leur campement dans ce sous-sol humide où ils faisaient du feu à longueur de journée, brûlant des meubles, des plastiques et des déchets qui viciaient l'atmosphère, d'autant plus qu'ils avaient bouché le soupirail pour se protéger du froid. C'était un miracle qu'ils ne fussent pas intoxiqués.

— Trois d'entre nous sont quand même morts, précisa le chef de la bande.

— Comment s'appelaient-ils ? demanda Réali.

— On ne savait pas leurs noms. Deux garçons et une fille.

— Où sont-ils à présent ?

— Enterrés dans le jardin.

Le garçon les conduisit derrière la bâtisse et montra trois croix fichées dans le sol gelé.

Combien y en avait-il, de ces gavroches déguenillés, vivant en meute dans des bâtisses à l'abandon ? Jean-Marie Réali frémit à l'idée de cette population invisible de vauriens terrés dans les bois, comme une armée de clochards. Étaient-ce eux qui volaient dans les fermes la nuit, au grand dam des paysans qui montaient des tours de garde et les guettaient avec un fusil ?

Pour ne pas laisser les petits miséreux dans leur cave, Jean-Marie Réali proposa de les conduire à la salle communale, où ils seraient nourris. Cette invitation fut accueillie froidement ; les gosses le regardèrent avec méfiance, craignant un piège. Comme il insistait, ils devinrent agressifs ; il prit peur et partit, penaud.

— On dirait des animaux, maugréa Hubert Besson. Qu'ils s'entredévorent.

Dans une autre ferme, deux kilomètres plus loin, ils trouvèrent un pendu. La maison était tiède, des braises couvaient sous la cendre ; le suicide remontait à la veille, peut-être au matin. Arrivés plus tôt, ils l'auraient trouvé vivant.

— Peut-être n'avait-il plus rien à manger, dit Jean-Marie.

Mais sa cuisine était pleine de conserves.

— Il n'est pas mort de faim, dit Hubert.

— Il en avait assez, alors, répondit Jean-Marie, l'air sombre.

— Ou bien il a eu peur.

— De quoi ?

— De tout.

Ce climat pesant, le sentiment de claustration, l'atmosphère réfrigérante étaient propices au développement des rumeurs. Elles se propageaient à toute vitesse, malgré la difficulté des contacts ; une fois lancées, elles faisaient le tour du canton en quelques heures, s'enrichissant au fur et à mesure, toujours plus inquiétantes et atroces. On parlait de loups dans la forêt, qui rôdaient et attaquaient les marcheurs. Pour preuve, on indiquait des traces dans la neige. « Ce sont des chiens errants », protestaient les sceptiques. Mais les autres n'en démordaient pas.

On croyait aussi aux monstres.

— Un géant au teint bistre écume le nord du canton. Il vit dans une cabane, et ne se déplace jamais sans sa pelle, qu'il fait tournoyer dans les airs en ricanant.

Un silence, puis :

— Il paraît qu'avec cette pelle, il coupe des têtes.

On s'aperçut aussi que Rudi Vazenet avait disparu. Ce marginal abruti par la drogue habitait une maisonnette insalubre dans la rue de la Madeleine, près de l'Arlon. Il avait grandi à Châtillon, où son père était maçon ; quand ses parents déménagèrent et que ses sœurs se marièrent, lui tourna mal. Dépourvu de diplôme, il se mit au service des ferrailleurs et brocanteurs, avant de virer trafiquant. Il fut condamné plusieurs fois pour revente de cannabis. À moitié fou, il errait par les rues en marmonnant des insanités. Le soir, il buvait dans les cafés, contemplant les joueurs de billard d'un air hostile.

Où était-il, à présent ? Les gens racontaient n'importe quoi. Qu'atteint de *delirium* il s'était jeté dans le canal gelé. Qu'on avait vu son corps sous la glace, et qu'on entendait sur les berges les hululements de son fantôme. Ou alors, qu'il s'était établi en forêt avec des couteaux qu'il aiguisait du matin au soir, en prévision des meurtres qu'il commettrait bientôt. Qu'il vivait avec les loups. Qu'il était devenu un loup… Ces racontars macabres couraient les maisons, amplifiés chaque fois, et les enfants jouaient à inventer des versions plus sombres et plus sanguinolentes.

Quant au pauvre Vazenet qui suscitait tous ces fantasmes, nul ne sut ce qui lui était arrivé.

*

Au mois de mars, enfin, le temps se radoucit, et les Châtillonnais purent enfin sortir. Un sentiment de colère régnait dans la population. On en voulait à l'hiver trop long, aux éléments, au phénomène. À tout. On en avait assez. Non, on ne passerait pas une semaine de plus ici ; on ne pouvait plus voir la Bierre en peinture. Ce pays qu'on avait aimé, où on était né, on le détestait à présent. L'angoisse, la famine et le froid avaient tourné les sangs des Châtillonnais ; ils n'y tenaient plus, il fallait qu'ils s'en aillent – fièvre d'exil qui touchait spécialement les jeunes, réunis sur la place de la mairie.

— Je donnerais n'importe quoi pour voir du pays.

— Partir n'importe où. Même en Russie. Même…

— Même en Pologne !

— Mais c'est impossible.

— Si on n'essaie pas…

Un silence.

— Et si on tentait une évasion ?

Ces mots avaient été prononcés par Manuel Podesti, trentenaire joufflu, mécanicien, père de deux enfants. Il répéta :

— Une évasion.

Nouveau silence.

— Et par où, je te prie ?

Manuel explosa.

— Mais par tous les côtés, bon Dieu ! Il y a forcément une issue quelque part. On essaiera toutes les routes. On marchera vers Château-Quercy, vers Névry, vers Moulins. Il faut tout tenter !

— Et pas seulement les routes, renchérit son voisin, galvanisé. On tracera à travers bois, à travers champs.

Certains secouaient la tête, fatalistes.

— On a déjà essayé, dit Yann Perrotin, étudiant.

— Mais c'était avant l'hiver, répliqua Podesti.

Perrotin leva un sourcil.

— Et alors ? Parce qu'il a fait froid, les choses ont changé ?

— Je n'en sais rien.

Podesti regarda ses chaussures, l'air triste, et répéta :

— Je n'en sais rien.

Les plus résolus entérinèrent leur décision : ils monteraient une expédition. La plupart des habitants, tout en sachant ce projet voué à l'échec, admettaient qu'il avait du panache. Ces garçons au moins ne se laissaient pas abattre ! Le canton se prit de passion pour l'entreprise. Des vocations naquirent. Podesti enregistra les candidatures et composa des groupes, en s'efforçant d'équilibrer les compétences et de mélanger les hommes d'âge mûr avec les plus jeunes, la sagesse avec le goût du risque. Il forma huit équipes, une pour chaque direction – le nord, le nord-ouest, l'ouest, etc. Podesti conduirait la sienne au sud, et referait le même trajet vers Névry qu'avait tenté vainement le facteur Rambier, imité depuis par dix aventuriers solitaires dont deux n'étaient pas revenus.

Les voyageurs s'équipèrent de denrées pour trois jours, d'un sac de couchage et de linge propre, et chaussèrent leurs meilleurs souliers. Plusieurs centaines de personnes assistèrent au départ, malgré la pluie fine qui transformait la neige en boue. On regardait ces humbles héros déjà trempés comme des navigateurs embarquant sur une caravelle pour découvrir un nouveau monde.

Certains villageois dans cette ferveur se tournaient vers leurs épouses, annonçant qu'eux aussi voulaient partir, se joindre à cette jeunesse. Elles les grondaient tendrement, expliquant qu'il était trop tard, qu'ils étaient trop vieux ; ils faisaient une moue déçue, soulagés en secret d'avoir pu lancer une idée si folle sans qu'elle porte à conséquence.

Le clocher sonna trois heures ; Manuel Podesti donna le signal du départ. Les pèlerins serrèrent la main des sédentaires, émus. Un grand silence tomba sur la place. Puis, comme ils se mettaient en route, des applaudissements retentirent, accompagnés de vivats. Des gamins les suivirent jusqu'à la sortie du village, avant de les laisser affronter seuls les immensités de la Bierre qui, suivant l'expérience vingt fois recommencée, ne menaient nulle part et se noyaient dans l'horizon.

Les explorateurs se tournèrent pour un dernier salut, puis disparurent.

On aurait cru qu'ils partaient pour un périple vers une contrée mystérieuse. Mais ils voulaient juste gagner le bourg voisin pour se reconnecter au monde.

*

C'est vers cette époque qu'entra en scène un personnage appelé à jouer un rôle important dans la suite de notre histoire : Jean-Claude Verviers, quarante et un ans, agriculteur dans la commune d'Oulliers, au nord-est de Châtillon, la moins peuplée du canton avec ses cinquante-deux habitants.

Verviers était un petit homme râblé au cheveu court, la peau tannée par le soleil et la vie au grand air. Taiseux, austère, bougon, il ne riait jamais aux blagues, et ne blaguait jamais lui-même.

Il était le plus jeune d'une fratrie de quatre. L'aîné, Vincent, était agriculteur comme lui et comme feu leur père. Quand ce dernier mourut, Jean-Claude et Vincent se brouillèrent, le premier accusant l'autre d'avoir été favorisé par le testament. Ils étaient toujours en froid, et ne se parlaient qu'en cas d'extrême nécessité. Son autre frère, Hubert, menait une existence instable. Passionné d'aventure et de marine, il avait quitté le nid à seize ans pour s'engager sur un bateau de commerce. Depuis, il voyageait par le monde sans domicile connu, offrant ses services à qui les voulait et vivant d'expédients. De temps à autre, il envoyait une carte postale ou une lettre très courte d'un endroit improbable – l'Australie, le Canada, les îles Vierges ; et, tous les trois ou quatre ans, il rentrait en France pour une quinzaine de jours, logeant alternativement chez sa mère et chez Vincent, sachant que Jean-Claude, qui le tenait pour un pouilleux, ne lui aurait pas réservé bon accueil. Quant à obtenir de Jean-Claude ce qu'il obtenait parfois de Vincent, à savoir quelques subsides, était hors de question.

Restait la sœur, Annabelle, qui tenait une épicerie à Anulay. Cette belle brune mélancolique avait épousé un homme fluet et doux nommé Maxime, préparateur en pharmacie, qu'elle gouvernait comme un enfant et que Jean-Claude méprisait, le trouvant trop peu viril. Jean-Claude et Annabelle se parlaient peu mais il se sentait une responsabilité à son égard, et faisait donc des efforts pour être aimable.

Travailleur acharné, courageux et opiniâtre, Jean-Claude sortait très peu de chez lui, et ne prenait jamais de vacances. Il régnait seul sur une exploitation de deux cent quatre-vingts hectares (cent têtes de bétail, une vingtaine de cochons et de beaux champs de blé, d'orge et de tournesol) qu'il avait montée sans l'aide de personne, ayant racheté les terres et les bâtiments à un vieux paysan qui ne s'en occupait plus. Patiemment, il avait tout remis en ordre, tout modernisé ; il avait convaincu les banquiers de lui prêter les fonds nécessaires, acheté des machines et du matériel, et construit peu à peu une ferme qui comptait aujourd'hui parmi les plus prospères de la région. Ses confrères admiraient sa réussite ; mais, à cause de son tempérament réservé et de sa rigidité en affaires, ils ne l'aimaient guère. Pingre, méfiant, obtus, Jean-Claude était du genre à ergoter pour dix centimes, craignant toujours de se faire voler ; surtout, il ne s'avouait jamais vaincu, ce qui rendait infernal de commercer avec lui. Il laissait toujours traîner ses dettes, demandait des délais de paiement invraisemblables, faisait semblant de n'avoir jamais reçu ses factures ; signer un chèque était pour lui comme capituler, il en avait des migraines et des maux de ventre. En revanche, il était intraitable avec ses débiteurs ; il les harcelait au téléphone le jour et la nuit, il invoquait les mêmes grands principes qu'il bafouait allègrement et, quand les choses tardaient trop pour son goût, il passait aux menaces. Alors ils s'exécutaient, car Jean-Claude était sanguin et s'emportait vite. On le disait dangereux. Jeune, il s'était beaucoup battu ; il paraît qu'à vingt ans, pendant son service militaire, il avait tué un homme dans une bagarre. Alors on s'en méfiait, et les peureux l'évitaient. Cela lui convenait.

Inutile de préciser que ce loup solitaire n'était pas marié. Beaucoup de femmes malgré tout étaient sensibles à son charme animal, et ressentaient un frisson secret à l'énoncé de son nom. Selon la rumeur, il avait une vie nocturne bien remplie ; on disait que dans son lit défilaient en cachette nombre de Châtillonnaises mariées, rendues folles par ses manières de brute.

La réclusion du village n'avait pas changé grand-chose dans son existence. Il continuait de travailler quinze heures par jour et de ne faire confiance à personne. Sa seule gêne tenait à l'impossibilité de vendre ses bêtes à l'extérieur, notamment les génisses qu'il exportait vers l'Italie. Pour le reste, les événements l'indifféraient. Il avait toujours vécu chichement, se nourrissant des produits de sa ferme et d'un stock de surgelés accumulé au fil des ans dans ses congélateurs, comme s'il avait anticipé la coupure du ravitaillement. Pour la viande, il avait égorgé l'automne dernier un porc qui lui tiendrait plusieurs mois. Il mangeait tout, même les parties les moins ragoûtantes. Et pour ses bêtes, il avait dans ses granges du foin jusqu'au printemps.

Occupé du matin au soir, Jean-Claude Verviers ne gambergeait pas. Ses pensées étaient fixées sur des problèmes pratiques, quotidiens, immédiats ; il n'était pas touché par les angoisses des Châtillonnais sensibles, à qui la réduction du monde faisait reconsidérer le sens de leur présence sur Terre. Châtillon, de toute façon, était son univers, la colline d'en face son horizon ; pourquoi s'interroger sur ce qu'il y avait au-delà ? Que Paris, Londres et l'Amérique aient disparu, quelle importance ! En son for intérieur, il jugeait stupide de chercher ailleurs une herbe plus verte, et plus sage de demeurer là où la Providence (s'il y en avait une – il était agnostique) vous a fait naître. La plupart des gens n'ont au fond aucune raison d'être malheureux, pensait-il ; ils ne le sont que parce qu'ils regardent au loin, apprenant ce qu'ils ne devraient pas savoir. Une cause du malaise contemporain était le ressentiment et l'envie qu'inspirait aux humbles le spectacle télévisé de la richesse et du luxe. Si les Bierrois n'avaient connu que la Bierre, où il n'y avait ni millionnaire, ni jet-set débauchée, ils se seraient satisfaits d'une bicoque qui ne prend pas l'eau, d'un bout de champ pour nourrir la famille et de la joie toute simple d'être en vie, sachant que leur voisin ne possédait guère plus qu'eux. Hélas, ils voyaient chaque jour sur leurs écrans des villas opulentes et des voitures de sport, des baignoires à remous dans des palaces, tout le train de vie sensationnel de l'oligarchie mondiale ; ils se disaient pourquoi pas moi et, pour finir, ils n'étaient plus contents de rien.

Telle était son opinion, qu'il aurait dite à ses amis s'ils la lui avaient demandée. Mais personne ne la lui demandait jamais, parce qu'il n'était pas causant et qu'il n'avait de toute façon pas d'amis.

Son dédain pour le monde extérieur s'étendait presque à Châtillon même. À la limite, il aurait pu enclore ses terres et ne plus sortir du tout, vivre comme Robinson et ne connaître que sa ferme. Il lui fallait compter malgré tout avec le pays alentour – le village pour faire ses commissions,

Moulins-Dusol pour son marché aux bêtes ; mais, suivant sa loi de proximité, il s'intéressait plus à sa ferme qu'au village, plus au village qu'au canton, et à peine à ce qu'il y avait au-delà du canton.

Il avait entendu parler des décisions du maire Agnelet, du rationnement, des expéditions infructueuses pour franchir la frontière et des maraudeurs mandatés par le conseil municipal pour visiter les fermes (une équipe s'était présentée chez lui un soir de janvier, qu'il avait vite reconduite au portail, sans lâcher sa fourche). Il s'en fichait. Mais il avait été terriblement choqué quand Annabelle l'avait informé que la commune réquisitionnait le stock de son épicerie afin de le distribuer aux nécessiteux. Hurlant au bout du fil, il lui avait reproché de s'être laissé faire et avait maudit son couillon de mari, qui aurait dû repousser les accapareurs à coups de fusil. Annabelle avait haussé les épaules.

— Le maire est dans son rôle, avait-elle répondu. C'est la crise.

— La crise ne justifie pas le vol.

— Ce n'est pas du vol. Et puis, il est chrétien de donner pour ceux qui ont faim.

Jean-Claude avait explosé.

— La charité chrétienne ! Drôle d'argument, pour défendre des communistes. C'était du vol, Annabelle. Du vol, m'entends-tu ?

Il avait répété :

— Du vol. Du vol pur et simple.

Annabelle s'était entêtée.

— Toutes les épiceries du canton sont concernées. À Châtillon, la supérette. À Tamony, le magasin de Mme Didier. À Frangy…

— C'est inadmissible dans les autres magasins comme c'est inadmissible chez toi, avait coupé Jean-Claude.

Il avait toussé, puis ajouté :

— Mais c'est encore plus inadmissible chez toi, parce que c'est chez toi.

*

On imagine facilement la disposition d'esprit de Jean-Claude Verviers quand, au début du mois d'avril, le maire d'Oulliers, Patrick Tellier, accompagné d'un inconnu au teint maladif (l'hiver avait fait des ravages) dont le visage lui disait vaguement quelque chose, se présenta à sa ferme et expliqua avoir été missionné par Sylvestre Agnelet pour visiter les exploitations agricoles, et faire le point sur la situation.

— Vous prenez vos consignes chez le maire Agnelet ? s'étonna Jean-Claude.

— Nous lui avons fait serment d'allégeance au début de la crise. Seule, la commune d'Oulliers n'aurait pas pu faire face aux difficultés.

Jean-Claude, consterné, fit un sourire narquois.

— Voici mon auxiliaire, dit Tellier en désignant son partenaire. M. Martin Guillaumet.

Verviers le salua, en se demandant où il l'avait déjà rencontré.

— Bon, reprit Tellier. Alors ? Comment ça se présente, ici ?

Jean-Claude demeura évasif.

— Sûr que l'hiver a été dur.

— Vous avez perdu des bêtes ?

— Quelques-unes.

— Et les cultures ?

— On fait aller.

Tellier et Guillaumet se jetèrent un regard inquiet. Jean-Claude sortit une cigarette, sans leur en proposer.

— Bien, dit Tellier. Ce que nous aimerions savoir, c'est comment nous pouvons t'aider, et...

— Je n'ai pas besoin d'aide, coupa Jean-Claude.

Tellier toussota, puis reprit :

— C'est-à-dire que... Tu es tout seul, devant beaucoup de travail. Or, il y a dans le canton toute une main-d'œuvre inemployée, qui ne demande qu'à se rendre utile.

— Des garçons, ajouta Guillaumet, mais aussi des filles.

— Nous voudrions mettre ces volontaires à l'œuvre, reprit Tellier. Employer dans les champs la force disponible, et faire rendre à la terre le plus de fruit possible. Comme tu l'as dit, l'hiver a été pénible ; nous devons donc prendre dès maintenant des dispositions pour le prochain, au cas où la crise continue. Constituer des réserves. Euh...

Il hésita. Verviers le fixait durement.

— Bref, reprit Tellier, on s'efforce de coordonner l'effort, et...

— Des réserves, murmura Jean-Claude.

— C'est ça.

— J'en ai, moi, des réserves.

— Justement, intervint Guillaumet. Nous voudrions les évaluer.

Il produisit un carnet à souches. Jean-Claude eut un mouvement de recul.

— Ça ne regarde que moi. Ce sont *mes* réserves.

Guillaumet, qui n'était pas psychologue, s'enfonça.

— Le produit des terres de Châtillon appartient aux Châtillonnais, monsieur Verviers.

L'atmosphère se tendit. Comprenant son erreur, Guillaumet fit marche arrière.

— Je veux dire… Il faut penser à l'intérêt général. À ceux qui n'ont rien. La collectivité.

Il toussota, mal à l'aise.

— Tout le monde en effet n'a pas la chance d'avoir comme vous une belle ferme, qui…

Formule fatale, qui acheva de disqualifier le jeune homme. Sentant que la situation menaçait de dégénérer, Patrick Tellier reprit la main.

— Il s'agit simplement de partager des informations, Jean-Claude. Rien d'autre. Nous voulons savoir qui fait quoi, et nous organiser un peu. Tout le monde a un rôle à jouer dans cette crise, et les paysans comme toi ont une place plus importante que les autres.

Jean-Claude continuait de plonger ses yeux dans ceux de Martin Guillaumet qui pâlissait encore, si la chose était possible.

— Vous dites que j'ai de la chance. Quelle chance ? demanda-t-il.

Nouveau silence. Jean-Claude secoua la cendre de sa cigarette, puis exposa brièvement sa façon de penser.

— Écoutez-moi bien. Ma terre, elle m'appartient. Mes granges aussi, et tout ce qu'il y a dedans. Mes bêtes. Mes arbres et la mare derrière l'étable, également. S'il y a des crapauds dans la mare, ils sont à moi. Alors voilà : si des gens ont faim et qu'ils veulent de l'aide, ils peuvent me trouver. On discutera un moment, je verrai ce que je peux faire. Mais je serai le seul à décider. D'une manière générale, voyez-vous, je n'entends pas qu'on me prive arbitrairement de mon bien.

— Il n'y aura rien d'arbitraire, protesta Tellier. Tout le monde sera logé à la même enseigne.

— Faites ce que vous voulez chez les autres. Moi, je suis maître de ce qui se passe ici.

— Jean-Claude, sois compréhensif, supplia Tellier.

Mais la mine de Jean-Claude laissait entendre qu'il n'avait nulle envie de comprendre, et encore moins de coopérer. Il voyait en pensée des profiteurs fainéants à qui on donnait gratuitement, sur ordre du maire et de ses complices, des pains fabriqués avec son grain, de la soupe moulinée avec ses légumes, des vêtements saisis dans sa penderie. Son poil se hérissa ; il croisa les bras et cracha par terre, gestes ostentatoires qui indiquaient la fin de l'entretien.

— J'ai travaillé, dit-il. Que les affamés fassent pareil.

— Ils ne demandent que ça.

— Formidable ! Qu'on me laisse en paix, dans ce cas.

— Les choses ne sont pas si simples, Jean-Claude.

— Je ne vois pas ce qui les complique.

Jean-Claude sourit imperceptiblement. Il aimait bien dire non, et prenait plaisir à paraître buté. Mais en l'espèce, il trouvait son entêtement justifié. En certaines matières les choses sont noires ou blanches, et il n'y pas à discuter.

— Le pays est couvert de prés, reprit-il, de champs inexploités et d'une forêt immense. Ces richesses-là sont à tout le monde. Libre à chacun d'y faire des plantations. Par conséquent, ma contribution n'est pas nécessaire, et je ne vois pas ce que vous faites ici.

Voyant que la discussion n'irait pas plus loin cette fois-ci, Patrick Tellier et Martin Guillaumet répondirent qu'ils communiqueraient sa position au maire Agnelet, et qu'ils reviendraient peut-être d'ici quelques jours. Puis ils s'en allèrent. Avant qu'ils franchissent son portail, Jean-Claude les interpella :

— Où allez-vous, à présent ?

— Chez ton voisin, Paul Schmitz.

— Ah. Bien.

Il les regarda partir à pied sur le chemin défoncé, et songea à son voisin Schmitz. Ils se parlaient rarement, étant aussi bourrus l'un que l'autre. Mais ils se respectaient, parce qu'ils se savaient travailleurs.

Jean-Claude Verviers acheva sa cigarette, puis retourna dans ses étables.

Le soir, il rendit visite à Paul Schmitz.

*

Dans la matinée du lendemain, Paul Schmitz et Jean-Claude Verviers installèrent ensemble une barrière en bois sur la route communale qui menait à leurs fermes. Le bois venait de chez Schmitz, qui l'entassait depuis des années dans ses réserves, et les piliers furent maçonnés par Verviers.

Ils travaillèrent trois heures durant sous un doux soleil de printemps, puis contemplèrent le résultat avec satisfaction. La barrière n'était pas jolie et ne fermait pas tout à fait bien, mais tant pis : sa fonction était symbolique.

— Pour bien faire, dit Paul, il faudrait planter des piquets le long de la route, avec du fil de fer barbelé.

— Oui, opina Jean-Claude. On va s'en occuper.

— J'en ai quelques rouleaux. Lames tranchantes serties sur fil d'acier. Anti-intrusion, antifranchissement. Mon frère en avait acheté cinq kilomètres voici des années, à l'époque des cambriolages.

— Il t'en reste beaucoup ?

— Suffisamment pour enclore tout le champ.

Jean-Claude se gratta le menton.

— Bien.

Sur quoi, ils partirent déjeuner.

Oulliers fut durant les jours suivants le théâtre d'une activité fébrile. Schmitz et Verviers donnèrent de nombreux coups de téléphone, tinrent des conciliabules, explorèrent tous les recoins de leurs granges pour exhumer des matériaux inemployés.

Marie-Ange, l'épouse de Schmitz, voyait ce manège d'un mauvais œil. Elle se méfiait de Verviers, et craignait son influence sur son mari.

— Pourquoi ces barrières ? demanda-t-elle d'un ton accusateur.

— Pour nous protéger, répondit Paul.

— Nous protéger de qui ?

— Je ne sais pas.

Il hésita, puis ajouta :

— Pour montrer que c'est chez nous.

Marie-Ange répondit qu'elle trouvait absurde de créer, à l'intérieur d'un territoire ceinturé de clôtures invisibles empêchant qu'on ne sorte, un autre territoire, plus petit, ceinturé de clôtures barbelées pour empêcher qu'on n'entre.

Mais Schmitz n'écouta pas sa femme, et suivit son idée.

Jean-Claude, lui, se rendit chez Ancel Bernet, le menuisier, qui ne faisait plus grand-chose depuis quelques mois, faute de commande et de réserves de bois. Il continuait malgré tout de se rendre chaque jour dans son atelier, pour graisser ses machines et récupérer des chutes afin d'usiner de petits objets inutiles.

Ancel fut surpris de cette visite, n'ayant jamais eu avec Verviers de rapports très étroits. Mais son intérêt fut éveillé par la proposition du paysan : Jean-Claude avait besoin de ses talents, et souhaitait qu'il fabrique des dizaines de poteaux en bois ainsi que diverses pièces monumentales dont il s'efforça de lui donner un aperçu grâce à des dessins maladroits.

— Que veux-tu faire avec tout ça ? demanda Ancel, intrigué.

— C'est mon problème.

— Moi je veux bien, mais je n'ai plus de matière première.

— Pour ça, j'ai une idée.

Jean-Claude conduisit Ancel à l'ancienne scierie, non loin de chez lui. Elle n'avait pas rouvert après l'incendie, à cause des soupçons d'arnaque à l'assurance pesant sur le propriétaire. L'enquête à l'époque avait duré six mois, dans une ambiance pesante (la gendarmerie avait reçu des dénonciations anonymes). Finalement, le patron excédé avait licencié le personnel et vendu les ruines pour une bouchée de pain, avant de s'installer comme fabricant de barriques à l'autre bout du monde. Très prisés par les viticulteurs californiens, ses fûts en chêne de Nouvelle-Zélande l'avaient rendu riche ; quant à la scierie, elle était demeurée en l'état, les nouveaux propriétaires n'y ayant jamais mis les pieds, au grand dam des ouvriers qui avaient vu s'envoler tout espoir d'y travailler à nouveau.

Jean-Claude fit sauter le cadenas de la grille au moyen d'une pince et retira la chaîne.

— Est-ce légal ? s'inquiéta Ancel.

— Je ne vois pas qui viendra se plaindre.

Ils examinèrent les bâtiments, les lignes de sciage et le parc à grumes, puis montèrent dans les bureaux. Tout était dévasté, l'endroit ayant servi de refuge à des clochards.

— Pas terrible, conclut Ancel en contemplant une écorceuse hors d'usage.

Le visage de Jean-Claude s'assombrit.

— Il y a moyen d'en tirer quelque chose ?

— Peut-être. Certaines lames sont utilisables. Quant aux machines, il doit être possible de remplacer les pièces. Mais nous n'arriverons pas à les faire remarcher toutes.

— Peu importe. Il ne s'agit pas de faire tourner l'usine à plein rendement, juste de débiter des planches.

Ancel enfonça ses mains dans ses poches, songeur.

— Faut voir.

Les deux hommes considérèrent silencieusement les installations. Jean-Claude devinait que le menuisier était mordu. La tâche était vaste et dépassait ses compétences mais, à l'évidence, il aurait fait n'importe quoi pour s'occuper.

— Pour les scies, reprit Ancel, il faut voir avec Arcand.

— Le mécanicien ?

— Oui. Il a l'œil pour les machines, même celles qu'il ne connaît pas. Il peut réparer n'importe quoi. L'ancien patron d'ici l'appelait parfois pour un coup de clé, quand la panne n'était pas grave.

— Bon. Appelons-le.

Pendant ce temps, Paul Schmitz était allé voir Fouillot, le mitron d'Anulay, et lui proposa de reprendre du service.

— Mais je n'ai plus de farine.

— Nous en fabriquerons.

Fouillot leva un sourcil, croyant à une blague.

— Et avec quoi ?

— Eh bien, nous allons construire un moulin.

Fouillot regarda Schmitz comme s'il était fou, puis se dit qu'il n'avait rien à perdre.

Schmitz et Verviers recrutèrent également une douzaine de jeunes gens du village, des garçons solides et polis, tous nés à Châtillon (Verviers se méfiait des immigrés, terme qui dans sa bouche était sans rapport avec la couleur de peau) ; ils leur fournirent des outils et les envoyèrent en forêt pour couper des arbres, afin d'édifier des palissades.

Verviers se rendit enfin chez Mélissa Vinet, l'éleveuse de chevaux d'Allery, belle femme solitaire qui gagnait sa vie en donnant des cours d'équitation Elle avait jadis remporté des concours, mais une mauvaise chute avait mis un terme prématuré à ses ambitions sportives. Elle marchait depuis lors avec une béquille, et sa démarche claudicante lui donnait aux yeux de Jean-Claude un charme ambigu, sans compter qu'il était toujours troublé par la vision de ses cuisses moulées dans la culotte d'équitation.

Il lui demanda si elle pourrait mettre à sa disposition ses deux chevaux de trait.

— En échange de quoi ?

— De ce que tu voudras.

Il la fixa puis ajouta :

— Dans la limite de mes moyens.

Mélissa soutint son regard.

— Je ne sais pas, dit-elle.

— Si tu n'es pas intéressée, je vais voir ailleurs.

Il fit mine de tourner les talons, comme il en avait l'habitude.

— Attends ! dit Mélissa, craignant que la négociation n'échoue.

Le rapport de forces venait de s'inverser ; elle était à présent demandeuse. Jean-Claude sourit, satisfait.

— Alors ? dit-il.

— Rentrons. Nous serons plus à l'aise pour causer.

*

Bientôt, les initiatives de Verviers firent jaser. Il embauchait, coupait du bois, achetait des chevaux ; que mijotait-il ? Le maire Agnelet s'inquiéta : quand Verviers faisait parler de lui, c'était en général pour provoquer des problèmes. Il décida donc de se transporter sur place pour en savoir plus, en compagnie de son homologue Tellier.

À l'embranchement, ils découvrirent la clôture nouvellement installée qui bloquait l'accès aux fermes Schmitz et Verviers. Un jeune homme était là, occupé à peindre une inscription sur un panneau.

— Qu'est-ce que c'est que ça ? demanda Agnelet.

— Je dessine une enseigne, répondit le garçon.

— On parle de la barrière, s'agaça le maire Tellier.

— C'est M. Verviers qui l'a construite.

— Sur une route communale ? Il ne manque pas d'air.

— Entrons, dit Agnelet.

Ils laissèrent le garçon derrière eux et continuèrent leur chemin vers la ferme, dont on voyait les toits et la cheminée.

Ils croisèrent les frères Valençon, deux agriculteurs de Tamony, qui tiraient des chevaux par la bride. Ils expliquèrent que Jean-Claude était « occupé après ses vaches », et indiquèrent comment le rejoindre.

Après dix minutes de marche dans les prés, Agnelet et Tellier trouvèrent leur homme au milieu d'un troupeau.

— Qu'est-ce que c'est que cette barrière, à l'entrée de chez toi ? attaqua le maire Agnelet, sans préliminaires.

— Je l'ai installée avec Paul.

— Elle est sur le domaine public.

Jean-Claude détourna les yeux et regarda au loin.

— C'est vrai, reconnut-il. Mais ça ne dérange personne.

— Peut-être, mais ce n'est pas légal.

— La légalité, en ce moment, vous savez…

Il fit un sourire ambigu.

— La commune prélève un peu chez vous, on empiète un peu sur la commune… Tout ça s'équilibre.

Les deux maires se regardèrent, gênés. Agnelet jugea prudent de changer de sujet.

— Et ces gens qui travaillent ici, que fabriquent-ils ?

Jean-Claude toussota.

— Avec Paul, nous montons un ranch.

— Un *ranch* ?

Verviers opina, savourant son effet. Puis il sortit ses cigarettes.

— Nous avons décidé de travailler pour nous, reprit-il. Nous ne voulons plus avoir affaire aux autres.

Il y avait dans sa voix un mélange de défi, de mépris, et d'apitoiement.

— Tu veux faire bande à part, maugréa Tellier.

Le maire d'Oulliers reconnaissait là l'individualisme de son concitoyen, mais il était surpris par sa vocation de chef d'entreprise et de meneur d'hommes. Verviers avait toujours fui la compagnie ; or, voici qu'il recrutait, s'entourait, collaborait.

Jean-Claude tira sur sa cigarette.

— Pour être tout à fait précis, dit-il, je fais sécession.

— Pardon ?

D'une voix calme, Jean-Claude Verviers expliqua aux édiles médusés que l'exploitation de Schmitz et la sienne fusionnaient pour former un nouveau pays, et que celui-ci proclamait à compter d'aujourd'hui son indépendance politique. Le ranch constituerait un État autonome, dont le périmètre correspondait au foncier des fermes réunies. Il le représenterait lui-même au plan international, et parlerait d'égal à égal avec eux. Étant souverain, il sélectionnerait ses visiteurs, et ne tolérerait aucune ingérence sur son territoire. Notamment, il était exclu que Châtillon pille ses greniers pour nourrir « les incapables qui se tournent les pouces en ville », formule qui englobait *grosso modo* tous ceux qui n'étaient pas fermiers.

Agnelet et Tellier n'en croyaient pas leurs oreilles.

— C'est absurde, dit Tellier d'une voix colérique. Tout seul, tu ne tiendras pas le coup.

Jean-Claude retint un ricanement, et haussa le ton.

— *Primo*, je tiens le coup tout seul depuis toujours, et ça ne m'a pas trop mal réussi. *Secundo*, je ne suis pas tout seul.

— Tu penses aux frères Valençon ?

— Et à d'autres.

— Bon. Mettons que tu n'es pas tout seul. Mais..

— C'est vous qui serez bientôt tout seuls, coupa Verviers. Je vais recruter les meilleurs. Les plus compétents. Les plus habiles. Bientôt, vous aurez besoin de nous.

Agnelet devina les complications qu'allait entraîner cet acte de séparatisme.

— Écoute, Jean-Claude. Que tu veuilles rouler pour toi, très bien. Mais pense aux autres. La population. Que fais-tu de nous ?

— Mais rien. Vivez en paix de votre côté, nous vivrons en paix du nôtre.

Verviers sortit de sa poche une petite boîte faisant office de cendrier portatif, où il écrasa délicatement sa cigarette. Habitude inédite et comique, qui jurait avec sa réputation de rustre. (Elle s'expliquait en fait par sa peur de provoquer un incendie : Dieu sait comment, il avait lu quelque part la formule de Mao sur l'étincelle qui embrase la prairie, et l'avait prise au pied de la lettre.)

— Bien, conclut-il. Compte tenu de ce que je viens d'exposer, je vous informe que vous êtes ici chez moi. Dans *mon* champ, *mon* ranch et, si j'ose dire, *mon pays*. À strictement parler, je suis fondé à vous considérer comme des étrangers en situation clandestine, et à vous placer en rétention dans une étable. Mais disons que ça ira pour cette fois. Maintenant, si vous voulez bien m'excuser, j'ai du travail. Vous connaissez le chemin vers la douane, je ne vous raccompagne pas.

Il fit un signe de tête et s'éloigna d'un pas rapide en direction de sa ferme.

— Et fermez la clôture derrière vous, hurla-t-il avant de disparaître.

*

Au village, l'attitude de Verviers fit scandale. Une sécession ! En pleine crise ! C'était un sociopathe, un fada égocentrique à qui on souhaita d'emblée d'échouer, et de mourir tout seul dans son trou. Et le brave Schmitz qui entrait dans son jeu ! Scandale supplémentaire. On pensait avec tendresse à sa femme, Marie-Ange, qui détestait notoirement

Verviers et que son mari enrôlait de force dans cette folie.

Certains, se sentant bouillir, trouvaient qu'une intervention s'imposait.

— Il va trop loin.

— Oui, mais que faire ? répondaient les autres.

— Lui dire ses quatre vérités.

— Il n'écoutera pas.

— Si on est nombreux, il prendra peur.

— Il est borné. Il nous tirera dessus.

— Il oserait ?

— Aucun doute.

— Alors armons-nous aussi.

Le maire Agnelet, craignant une guerre civile, tenta d'apaiser les esprits.

— Du calme. Pour le moment, à part le fait qu'il veut vivre en vase clos et qu'il n'est pas du tout aimable, Jean-Claude n'a rien fait de grave.

— Pardon, protesta Hubert Besson. Il a privatisé un kilomètre de route communale !

— Ainsi que des prés le long du canal, ajouta Maryse, la secrétaire de mairie.

— Vraiment ?

— J'y suis passé pour rendre visite à ma mère, et j'ai vu des jeunes gens planter des piquets. On aurait dit un camp retranché. Ils m'ont dit qu'ils étaient missionnés par Verviers.

— Allons bon.

— Oui. Or, ces prés appartiennent à la commune. J'ai vérifié sur le plan cadastral.

Agnelet soupira. Des voix s'élevèrent.

— Si ça continue, il va s'approprier la moitié du canton.

— Pour qui se prend-il ?

— Et les gendarmes laissent faire !

Cela dit, malgré leurs récriminations, les détracteurs de Verviers étaient curieux de savoir ce qu'il fabriquait dans son fameux ranch. Sa ferme devint un objectif de promenade ; on se mit à rôder alentour, « pour voir ». On découvrit que la physionomie des lieux changeait ; l'exploitation était à présent garnie d'une sorte de mirador construit sur la butte au-dessus de chez Schmitz, et ceinte de palissades en bois derrière lesquelles on entendait toutes sortes de bruits, révélateurs d'une activité intense.

Mais le plus incroyable était que la scierie, après quinze ans d'abandon, fonctionnait de nouveau ! Arcand avait réparé quelques machines, et Ancel avait embauché des ouvriers pour abattre des arbres, transporter les grumes et débiter des planches.

— Il paraît qu'ils veulent construire un moulin sur l'Arlon.

— Un *moulin* ?

Incrédules, les Châtillonnais interrogeaient sans relâche les jeunes qu'avait recrutés Verviers, pour leur faire avouer ce qu'ils bricolaient chez lui ; ils répondaient évasivement, ayant reçu des consignes de discrétion.

Au fil des jours, tout ce secret finit par agacer, et les ennemis du ranch se radicalisèrent.

— Ils ne veulent pas de nous. Nous ne devons donc plus les accepter ici.

— Exactement. Qu'ils restent derrière leurs palissades. On n'a qu'à les y enfermer.

— Si Verviers veut la guerre, il l'aura.

Tout le monde se tourna vers le maire Agnelet, en le pressant d'agir.

— Mais que voulez-vous que je fasse ? répondait-il.

— C'est simple. Postez deux gendarmes à la sortie de leur ferme, dans un cabanon où vous peindrez le mot « douane ». S'ils tentent de sortir, vous les refoulez à l'intérieur.

— Je ne veux pas entrer dans ce jeu-là. De mon point de vue, leur acte de sécession est sans valeur. Ce sont des Châtillonnais comme les autres.

— Sauf qu'eux ne voient pas les choses comme vous, Monsieur le maire.

Deux communautés se formèrent à l'intérieur du canton : d'un côté, Châtillon ; de l'autre, Oulliers, avec son ranch. Le ranch, qui selon les estimations comptait cent travailleurs, aurait pu être écrasé facilement par les Châtillonnais ; mais ces derniers en avaient un peu peur, comme souvent les majorités face aux minorités agressives.

Beaucoup d'employés de Verviers déménagèrent pour s'installer dans sa ferme, notamment les célibataires sans charge de famille qui appréciaient les rudesses de la vie agricole et l'ambiance de camaraderie militarisée qui régnait là-bas. Des tentes poussèrent dans les prés de Schmitz, qui les mit à disposition gracieusement malgré les protestations de Marie-Ange, laquelle prétendait ne plus se sentir chez elle. Avec le bois de la scierie, on construisit aussi des bungalows rustiques, en prévision de l'hiver. Enfin, un groupe d'ouvriers entreprit de rénover une maison vide à un kilomètre de la ferme, pour la transformer en dortoir et en salle à manger collective.

Ce bouillonnement provoqua une forme d'envie chez certains Châtillonnais, qui s'ennuyaient dans leur village et qui ne trouvaient plus dans la personne du maire un guide capable de galvaniser leurs énergies. Quel était le projet d'Agnelet pour la Bierre ? Il n'en avait pas. Que proposait-il pour l'avenir ? Rien. Sous sa gouverne, on n'allait nulle part ; on naviguait au jour le jour, sans cap ni repère. Du reste, avait-on lieu d'être satisfait de sa gestion quotidienne de la crise ? Beaucoup d'habitants avaient péri pendant l'hiver, Châtillon ressemblait à un mouroir à l'abandon, rempli de dépressifs fatalistes ; et pour couronner le tout, maintenant que Verviers lâchait le village, le maire échouait à le retenir.

« Il faut être prudent, économiser nos ressources », répétait le maire. Épargner, calculer, telle était son obsession. Or, cette parole qui au début avait paru sage, était considérée maintenant comme un indice de mesquinerie, voire de pleutrerie. Les Châtillonnais avaient plutôt besoin de festoyer, de ripailler, de se sentir vivants après l'hiver interminable ; besoin de reprendre confiance, de dépenser sans compter, de se forcer à l'espoir. Tout le contraire de ce que proposait Agnelet, qui pour aggraver son cas répétait sans cesse une phrase qui horripilait tout le monde : « Nous ne savons pas jusqu'à quand il faudra tenir. » *Tenir* ? Il restait bloqué sur l'idée d'une sortie de crise, incapable de voir que les remparts invisibles ne tomberaient pas, et qu'il fallait changer par conséquent son cadre de pensée !

Ces reproches en vérité étaient injustes, et leurs auteurs le savaient bien. Le pauvre Agnelet s'était donné sans compter pour le bien public, avec courage et abnégation. Hélas, les Châtillonnais avaient besoin d'un bouc-émissaire, d'un réceptacle pour leur colère – cette colère née de l'absurdité de la situation.

Certains du coup tournèrent casaque, et se mirent à soutenir Verviers. Et s'il avait raison ? Lui au moins faisait quelque chose ; on ne l'aimait pas, on le savait égoïste et impétueux, mais peut-être incarnait-il l'avenir. Des hommes se présentèrent chez lui, pour proposer leurs services. La plupart se faisaient congédier ; ils revenaient le lendemain. Verviers les auditionnait personnellement, entouré de sa garde, tout en taillant un pieu avec son couteau. Il interrogeait les impétrants sur leurs aptitudes, demandait ce qu'ils étaient prêts à faire pour lui ; puis il plongeait ses yeux dans les leurs, laissait planer le suspense, et rendait sa sentence. Les candidats admis, euphoriques, prenaient leur emploi le jour même ; selon les cas, ils continuaient d'habiter Châtillon ou emménageaient directement au ranch. Les refoulés, majoritaires, rentraient chez eux la tête basse, mais sans lui en vouloir ; ils se critiquaient plutôt eux-mêmes, en se reprochant de n'être pas à la hauteur.

Même Raphaël Pithrier, pour qui Verviers était l'ennemi de classe par excellence, se résigna à faire appel à lui. Acculé par le besoin – son bahut était vide, ses enfants avaient faim –, il surmonta sa répugnance et proposa à son fils aîné d'aller au ranch – il préférait ne pas s'y rendre lui-même, vu sa réputation exécrable. Mathieu, seize ans, fut très choqué par cette suggestion, si contraire aux opinions familiales ; mais il se laissa convaincre, et se rendit à Oulliers. Sa candidature, hélas, fut rejetée ; Raphaël, le voyant revenir bredouille, se rembrunit et, projetant sur Verviers sa propre intolérance, déclara dignement que « Verviers n'avait pas pris Mathieu parce que les Pithrier ne partageaient pas ses idées ».

Jour après jour, Châtillon se coupait en deux, conformément à cette loi selon laquelle la propension d'un territoire à la division est d'autant plus grande que le territoire est petit. Le canton se disloquait, non pas selon un critère racial ou religieux, mais parce qu'un petit homme teigneux à l'allure napoléonienne avait décidé de suivre son instinct, entraînant une armée dans son sillage.

Bientôt, de part et d'autre des palissades, on se mit à employer les mots « eux » et « nous » (ou « les autres »). Ceux de Châtillon voyaient ceux du ranch comme des imbéciles fanatisés qui se tuaient à la tâche sous les ordres d'un tyran ; ils n'auraient pas voulu en être, même si les ranchers mangeaient à leur faim et paraissaient heureux. Les ranchers considéraient ceux de Châtillon comme une bande d'incapables, geignards et lymphatiques, confits dans leur malheur et illusionnés par la croyance absurde qu'un jour le village se rouvrirait au monde.

En vérité, une sociologie plus poussée aurait distingué des catégories dans chaque groupe. Il y avait à Châtillon ceux qui faisaient mine de mépriser Verviers mais qui auraient donné cher pour être admis chez lui, et ceux qui le rejetaient vraiment, trouvant son ranch une initiative antisociale et refusant d'être commandés par ce similidictateur en bottes de caoutchouc, qui se croyait plus malin qu'eux mais qui parlait avec le même accent. Et il y avait au ranch ceux qui n'étaient là que pour la pitance ou pour s'occuper les mains, continuant de se méfier de Verviers, et ceux qui voyaient en lui un messie et se croyaient engagés dans une sorte de relèvement national.

Constatant que le fossé se creusait entre les deux camps, certains villageois réclamèrent l'intervention des gendarmes.

— Pour quel motif ? demanda l'adjudant Packiewicz.

— Trouble à l'ordre public. Depuis que Verviers fait des siennes, tout le village est en ébullition.

Packiewicz haussa les épaules.

— Vous pouvez aussi le verbaliser pour contravention de grande voirie. Il bloque une route communale.

— Admettons.

— Et violation de propriété privée.

— Où ça ?

— La scierie.

— Certes.

Packiewicz cependant se savait impuissant. Toute intervention aurait jeté de l'huile sur le feu, dans un contexte déjà tendu. Verviers ayant proclamé son indépendance, une visite des gendarmes serait analysée comme une intrusion militaire sur son territoire, et provoquerait un grave incident diplomatique. Mieux valait donc s'abstenir, d'autant qu'il savait par ouï-dire que les ranchers possédaient des armes.

Le nom de Verviers était dans toutes les têtes. Quel était son but ? Beaucoup prétendaient qu'il envisageait à terme de renverser le maire Agnelet : ce narcissique mégalomane profitait des circonstances pour assouvir sa soif de pouvoir. D'autres, plus sévères, pensaient qu'il ne savait pas ce qu'il faisait, qu'il avait monté son ranch sur un coup de tête et qu'il était dépassé par les conséquences. Quoi qu'il en soit, une majorité de Châtillonnais le tenaient désormais pour un potentat incontournable, un magnat dans les mains de qui, pour le meilleur ou pour le pire, reposait possiblement leur avenir.

*

S'il fallait une preuve de la puissance de Verviers et de l'ombre qu'il faisait au maire Agnelet, elle apparut au cours de l'affaire Navolli, fait divers lamentable qui fut aussi le premier crime perpétré au village depuis le début de la crise.

Christophe Navolli était un garçon du pays qui vivotait grâce aux aides sociales et habitait Mont-et-Malain. Grand, sec et musculeux, il avait le cheveu ras et le regard triste, mangeait ses mots et n'avait rien d'intéressant à dire. Passionné de mécanique, il achetait avec on ne sait quel argent des tacots en panne qu'il réparait dans la grange jouxtant sa maison, avant de les repeindre dans des couleurs tapageuses et d'y installer des sonorisations puissantes qu'il faisait rugir en roulant à fond sur les routes de la Bierre. On ne lui connaissait pas d'amis, sinon une bande de crétins originaires de Moulins-Dusol, qu'il ne voyait plus par la force des choses.

Il n'avait pas non plus de fiancée, bien qu'il eût vingt-sept ans ; mais il était connu des filles de la région parce qu'il fréquentait assidûment les discothèques, où il s'alcoolisait beaucoup et leur faisait la cour avec insistance. Certaines s'étaient plaintes auprès des établissements concernés, et avaient même déposé des mains courantes à la gendarmerie après qu'il les eut suivies chez elles en tenant des propos scandaleux. Bref, Navolli était un pauvre type frustré et vaguement pervers, dont il n'était pas difficile de deviner qu'il tournerait mal.

Nul ne fut donc surpris quand, le 15 juin 2013, on découvrit dans un fossé au Chagnot, près de Mont-et-Malain, le corps sans vie de Marion Cruard, une adolescente de quinze ans : son cadavre était nu, des hématomes témoignaient qu'elle s'était battue, et les traces rouges à son cou qu'on l'avait étranglée.

Le docteur Ruche, après examen, confirma ce que chacun pressentait avec horreur. Il y avait eu viol.

L'émoi fut immense. Même coupés du monde, on n'était pas à l'abri du crime ! Nous avions dans nos frontières des détraqués bien de chez nous – le coupable était d'ailleurs toujours là, puisqu'il ne pouvait pas s'enfuir ! Inconvénient du phénomène : les barbares du dehors restaient à l'extérieur, mais ceux du dedans étaient inexpulsables.

D'emblée les soupçons se portèrent sur Navolli, avant même le début d'une enquête. Tout le monde tomba d'accord, même l'adjudant Packiewicz et ses gendarmes qui, malgré tout, mirent un point d'honneur à respecter la présomption d'innocence et à travailler dans les règles – même si l'impossibilité d'en référer au parquet rendait les choses plus compliquées. Devant une foule accourue de tout le canton, ils procédèrent à l'interpellation solennelle de Navolli, chez lui, le 15 juin vers huit heures du soir, et lui signifièrent son placement en garde à vue. L'intéressé n'opposa aucune résistance et, menotté, essuya sans broncher les huées, les jets de pierres et les crachats.

Les gendarmes fouillèrent sa maison et ses voitures, sans trouver d'indices. Interrogé toute la nuit, l'intéressé refusa d'avouer le crime, et s'enferma pour finir dans un silence borné. Comment le confondre ? Privés des techniques modernes qui rendaient leur métier si facile et si sûr, les enquêteurs tâtonnaient, ce qui n'était pas pour plaire aux Châtillonnais furieux.

— Vous avez récupéré son sperme sur les vêtements de la petite. Pourquoi ne comparez-vous pas les ADN ?

— Nous voudrions bien, mais nous n'avons pas le matériel.

Et cette affaire apparemment simple, qui aurait dû renforcer la confiance des citoyens dans leurs gendarmes, ne fit par sa lenteur qu'aggraver la crise de légitimité des autorités traditionnelles.

La mère et le frère de l'assassin, qui vivaient aussi à Mont-et-Malain, devinrent des pestiférés. La mère ne sortait plus ; elle pleurait sans cesse, parlant de se laisser mourir. Le frère se montrait parfois, mais en baissant les yeux ; il aurait voulu s'enfuir loin de la Bierre, mais il était condamné à côtoyer ces gens qui, parce qu'il avait le même sang que Christophe, le haïraient à jamais.

Un besoin de vengeance montait dans le village ; les Châtillonnais ne retrouveraient pas la paix tant que Navolli n'aurait pas été châtié. Il croupissait pour l'heure dans l'unique cellule de la gendarmerie, sous la surveillance de Packiewicz qui tentait désespérément de lui arracher des aveux et qui s'inquiétait d'avoir dépassé les délais légaux de garde à vue. Certains citoyens voulaient le livrer à la foule. La tension montait.

Verviers suivit ces événements de loin, révolté comme tout un chacun par l'homicide, d'autant qu'il connaissait un peu les parents de la petite. On lui demandait son avis, mais il gardait le silence. Ce dossier relevait des affaires intérieures châtillonnaises ; il avait le droit d'avoir une opinion, mais il devait s'abstenir de toute ingérence. En outre, il éprouvait un plaisir cynique à voir les autorités locales dépassées par la situation, et menacées par le mécontentement populaire. Les gendarmes lambinaient, incapables de rien ; cette incompétence leur serait fatale. Verviers savourait le spectacle, pressentant que cette affaire provoquerait la chute de Packiewicz et du maire Agnelet.

Il finit cependant par être entraîné malgré lui dans la partie, à cause de ses amis qui ne supportaient plus d'attendre. Paul Schmitz en particulier suivait passionnément l'affaire depuis le début ; c'est lui qui suggéra devant Verviers d'organiser sans attendre un procès populaire, et d'aller capturer Navolli chez les gendarmes.

— Qu'en dis-tu, Jean-Claude ?

Jean-Claude ne répondit rien, fidèle à son parti d'indifférence ; il n'imaginait pas que Schmitz interpréterait son silence comme une bénédiction. Aussitôt, ce dernier prit les choses en main et, en quelques heures, fit circuler l'information : Verviers avait dit oui, Verviers voulait un procès – Verviers n'avait rien dit du tout, mais il était trop tard pour démentir.

Cette méprise fut un déclic. Une foule immense, un demi-millier d'individus se réclamant de Verviers, marcha sur la gendarmerie en réclamant la remise du suspect. Le maire tenta de raisonner les meneurs, mais c'était impossible ; ils n'obéissaient plus qu'à leur instinct, et accessoirement à Verviers qui soutenait leur démarche. Alors, accablé, il tourna casaque et rejoignit leur camp. Spectacle stupéfiant, dont l'importance symbolique passa inaperçue sur le moment : l'autorité légitime se ralliait à l'usurpateur ! En réalité, Sylvestre Agnelet marquait par là sa lassitude ; il ne savait plus quoi faire, et en avait assez de porter sur ses épaules le destin du village. Si quelqu'un d'autre voulait prendre sa place, fût-ce Verviers qui pourtant n'avait été élu par personne, soit ; on verrait comment il se débrouillerait.

L'adjudant Packiewicz frémit en voyant la marée humaine devant sa caserne. Il comprit que résister serait inutile, et qu'en refusant d'obtempérer il n'obtiendrait rien d'autre que le saccage de son bureau. Alors, la mort dans l'âme, il ordonna à Duguit et Pélissier de tirer le suspect de sa cellule pour le remettre officiellement à Schmitz. Mais il tint à protester, pour la forme.

— Je ne peux pas m'opposer à vos agissements, dit-il, mais je les condamne.

— Donnez-nous Navolli sans faire d'histoires, répondit Schmitz, c'est tout ce que nous demandons.

— Je ne fais pas d'histoires. Sachez simplement que j'écrirai un rapport, et que tout sera consigné.

— C'est ça.

Navolli apparut, escorté par le gendarme Pélissier tout pâle ; il levait haut la tête, l'air arrogant. Le silence se fit. L'ambiance était électrique.

Schmitz prit la parole.

— Navolli !

L'intéressé le regarda distraitement.

— Navolli, écoute bien !

Schmitz se rendit compte alors qu'il n'avait rien à dire. Il ne savait pas parler, surtout en public ; il toussota, gêné, puis lança simplement :

— On t'emmène.

Navolli sourit. Un murmure de désapprobation s'éleva parmi la foule qui aurait voulu le voir apeuré, tombant à genoux et implorant le pardon, quelque chose d'un peu grave et solennel. Ce monstre prenait tout à la légère.

On le conduisit en cortège jusqu'au ranch. Agnelet et Packiewicz, honteux, gémissaient en silence sur le pouvoir qui leur filait entre les doigts. Verviers l'exerçait seul désormais, et tout le monde avait l'air de trouver ça normal.

Un public nombreux assista au procès, qui fut organisé le jour même. C'était une occasion inespérée pour les Châtillonnais de pénétrer à l'intérieur du ranch, et de constater ce qui s'y passait. De ce point de vue, ils furent un peu déçus : ce n'était qu'une ferme, comparable aux autres, sans rien d'extraordinaire à part peut-être son mirador en bois, dont la fonction n'était d'ailleurs pas claire. Néanmoins, beaucoup refusèrent d'admettre qu'ils avaient surestimé Verviers, et déclarèrent que les véritables installations du ranch étaient secrètes, peut-être souterraines.

L'audience pénale ne ressembla à rien de connu. Personne ne savait la procédure à suivre, aucun Châtillonnais n'ayant jamais eu affaire à la justice ; la plupart d'entre eux ne connaissaient même les tribunaux qu'à travers le cinéma et la télévision, en sorte qu'ils s'en faisaient une image américaine plutôt qu'hexagonale. On demanda son avis à Packiewicz, le plus avisé sur la question ; mais il refusa tout net de conseiller cette parodie. On se tourna alors vers le notaire Moutral, qui avait fait son droit ; mais ce dernier répondit que ses études étaient loin, et que la procédure pénale lui était inconnue. En désespoir de cause, on fit donc avec les moyens du bord, en observant intuitivement deux ou trois grands principes : publicité de l'audience (dans le pré derrière chez Schmitz), droits de la défense (l'accusé présenterait sa version des faits), jury populaire – même si les dix jurés ne furent pas tirés au sort mais désignés à la diable par Schmitz parmi l'assistance. (Il avait décidé tout seul qu'il y en aurait dix, parce que c'était un chiffre rond, et plausible ; il ne songea pas que ce nombre pair gênerait en cas de partage des voix mais, comme la culpabilité de Navolli ne faisait aucun doute, la question ne se poserait pas.)

Schmitz se proclama président du tribunal ; Jean-Jacques Larimé fut nommé procureur. Navolli se vit offrir un avocat, mais il répliqua qu'il assurerait lui-même sa défense, et d'ailleurs qu'il se tairait – de fait, il ne desserra pas la mâchoire de toute l'audience, ce qui pour l'assistance équivalait à un aveu.

Du coup la séance fut très courte, tout fut bouclé en une demi-heure.

— Bon, lança Schmitz. Accusé, avez-vous quelque chose à ajouter ?

Formule étrange, Navolli n'ayant rien dit. Il continua de fixer la pointe de ses souliers, comme s'il n'avait pas entendu. Schmitz toussota, puis conclut :

— Le jury se retire pour délibérer.

Deux garçons s'emparèrent de Navolli pour l'emmener dans une grange qui ferait office de dépôt du tribunal. Mais comme les délibérations ne durèrent que deux minutes, Navolli n'eut même pas le temps de s'asseoir ; il fut aussitôt reconduit devant ses juges, pour entendre le verdict.

Conformément aux prévisions, le jury concluait à la culpabilité de Christophe Navolli, et prononça la peine capitale.

Marie-Ange Schmitz, qui comme chrétienne était attachée à la vie, ne put s'empêcher de tressaillir.

— La mort ! chuchota-t-elle.

Sa voisine rétorqua :

— Il n'a que ce qu'il mérite.

Opinion largement partagée. Des applaudissements saluèrent la décision. Le condamné, pour sa part, demeura mutique, comme si toute cette affaire ne le concernait pas.

Restait à exécuter la sentence. Nouveau problème. Comment s'y prendre pour tuer cet homme ? Ce n'était certes pas difficile, mais on ne voulait pas agir n'importe comment – il s'agissait d'une décision de justice, il y fallait du décorum, de la solennité, un peu de méthode.

Les plus expéditifs invoquèrent la loi du talion : la petite Marion ayant été violée puis étranglée, il fallait infliger le même traitement au meurtrier. Jugée trop brutale, cette proposition fut repoussée, d'autant que personne ne se serait dévoué pour le viol.

Jean-Jacques Larimé suggéra de construire une chaise électrique, comme en Amérique.

— Cela ne doit pas être compliqué, dit-il.

Mais Patrick Tellier n'était pas d'accord.

— C'est beaucoup d'efforts pour donner une belle mort à Navolli. Car enfin, il faudra dessiner des plans, réunir les matériaux, tester la machine… Ce monstre n'en vaut pas tant.

— La chaise pourrait resservir un jour, observa Ancel Bernet. Ce serait un investissement.

Mais cela revenait à prendre un pari pessimiste sur l'avenir. Craignant que la construction d'une chaise ne portât malheur en appelant de nouveaux crimes, les Châtillonnais abandonnèrent cette voie.

On se tourna alors vers le vétérinaire, Nathan Guillermot. N'avait-il pas dans sa pharmacie des doses létales pour euthanasier des chevaux ?

Guillermot reconnut qu'il possédait de tels produits, mais il émit des objections d'ordre déontologique quant au fait de les utiliser dans le cas présent.

— Même pas une demi-dose ? insista Larimé.

— Franchement, ça m'ennuie.

— Ça rendrait service à la collectivité.

Guillermot secoua la tête.

D'autres solutions furent envisagées. La guillotine, notamment, qui avait pour elle la force de la tradition mais qui, comme la chaise électrique, présentait des difficultés de conception.

— Vu que la scierie fonctionne de nouveau, elle ne serait pas très difficile à construire.

— Mais où trouver la lame ?

— À la scierie, précisément.

— Les lames à bois, dentées et souples, ne sont pas adaptées à un tel usage, objecta Arcand.

C'est alors que Paul Schmitz mit tout le monde d'accord.

— Pourquoi pas la pendaison ?

Cette idée pleine de bon sens recueillit l'assentiment général. La pendaison était une manière classique, spectaculaire et économique de tuer Navolli ; son côté *Far West* correspondait bien à la situation d'anarchie où s'enfonçait le village, et on appréciait sa valeur prophylactique, vu qu'on pourrait laisser le cadavre pendre à sa branche pendant des semaines, en guise d'avertissement aux criminels en puissance.

La foule s'excita, pressée de procéder à l'exécution. Mais une voix s'éleva au-dessus du brouhaha, qui ramena le silence : Verviers parlait.

— Du calme, dit-il.

Il se tut, puis répéta :

— Je veux du calme.

Les Châtillonnais se raidirent. Qu'allait décider Verviers ? Ne jugerait-il pas la pendaison une mort trop douce ? Les partisans de la corde tout à coup se mordirent la lèvre, craignant de l'avoir déçu par défaut de cruauté. Mais il fit une suggestion très inattendue.

— Le tribunal a jugé, l'affaire est close. Nous sommes tous fatigués, et je pense que les modalités pratiques de la peine pourraient être discutées demain.

Les Châtillonnais se regardèrent, interloqués.

— Tuer Navolli ce soir ou plus tard ne fait aucune différence, poursuivit Verviers. Ne nous précipitons pas vers une solution mal pensée, que nous regretterions par la suite.

Personne ne sut quoi répondre. Larimé fit tout de même une objection.

— Attendre, c'est courir le risque que les frontières du village se rouvrent avant que Navolli soit mort.

— Je ne vois pas où serait le problème, répondit Verviers.

— On ne pourrait plus le tuer nous-mêmes. La justice, euh… la justice officielle, disons, reprendrait l'affaire en main.

— Et alors ?

Murmures.

— C'est quand même une hypothèse peu probable, dit Verviers.

— Certes, reconnut Larimé. Mais en attendant, que faire de Navolli ?

— Les gendarmes pourraient le reprendre, suggéra Ancel Bernet.

Packiewicz s'insurgea.

— Notre caserne n'est pas prévue pour accueillir des condamnés à mort. Une garde à vue, je veux bien, mais ça, non.

Il s'interrompit, rouge de colère, puis ajouta :

— Je vous rappelle que nos familles vivent dans les appartements situés au-dessus de la cellule. Nous n'avons pas envie de dormir avec un condamné sous nos pieds.

Des protestations fusèrent, ainsi que des railleries folkloriques sur le talent des fonctionnaires pour fuir leurs responsabilités. Mais une majorité trouvait que l'adjudant avait raison de vouloir protéger sa femme et ses enfants.

— Il y a la maison brûlée à la sortie de Chagny, fit observer Verviers.

Il faisait allusion à une cambuse inoccupée où la foudre était tombée voici cinq ans, provoquant un incendie qui l'avait ravagée. Personne ne savait à qui elle appartenait, le dernier propriétaire connu étant mort depuis des lustres, et ses héritiers, s'il y en avait, ne s'étant jamais manifestés.

— Elle est à l'écart, continua Verviers. Humide et froide. Un vrai cachot.

— Navolli pourrait s'enfuir, objecta le maire.

Verviers haussa les épaules.

— Pour aller où ?

Sylvestre Agnelet réfléchit. Verviers n'avait pas tort. À supposer qu'il s'échappe, Navolli n'irait pas loin, puisque le canton était bouclé.

— Du reste, ajouta Verviers, si vous y tenez, on peut l'enchaîner.

Il sourit.

— Ou murer les fenêtres, installer une porte, et cadenasser le tout.

Cette proposition fut longuement débattue, et finalement adoptée. De nombreux Châtillonnais, suivant leur instinct, auraient préféré en finir tout de suite, mais la parole de Verviers portait tant qu'ils firent à son idée plutôt qu'à la leur. La foule se dispersa, sauf une cinquantaine de citoyens qui voulurent assister à la mise sous écrou.

Navolli fut donc emmené dans sa nouvelle demeure, à trois kilomètres de là. Il fit la moue lorsqu'il découvrit sa geôle, une ruine qui prenait le vent, sale et délabrée. On mit à sa cheville un câble d'acier pour l'enchaîner au mur, et Paul Schmitz fixa lui-même le lourd cadenas qui le clouerait sur place. Verviers n'était pas venu, trouvant qu'il n'avait plus rien à voir avec cette affaire.

Le prisonnier se vit offrir un matelas miteux, une couverture trouée et une gamelle de riz en guise de dîner.

— Et demain, que mangera-t-il ? demanda quelqu'un.

— On verra.

— Si on le laissait aller et venir, il pourrait trouver sa pitance tout seul. Ce serait une charge en moins pour la collectivité.

— Pour qu'il aille chaparder dans les maisons ? Certainement pas.

— Il ne faudra pas l'oublier, en tout cas. Sinon il mourra de faim, et nous ne pourrons plus le tuer.

Mais pourvoir aux repas de Navolli ne fut pas nécessaire. Le surlendemain, son corps sans vie fut découvert par le cantonnier Riquet et le gendarme Barboux, venus renouveler son fricot. Il s'était tailladé les veines avec des éclats de verre, et baignait dans son sang.

— Ce saligaud a souillé son matelas, observa Barboux, consterné.

*

Cette triste affaire, qui marquerait les Châtillonnais, fut un révélateur de la toute-puissance de Verviers. Il était désormais le suzerain du lieu ; on n'imaginait plus de rien entreprendre sans en référer à lui ou à ses proches, et chacun lui vouait un respect craintif mêlé d'admiration – un sociologue aurait rangé cette puissance sous l'étiquette wébérienne de la « légitimité charismatique ». Châtillon se rapprochait d'une nouvelle organisation sociale, de type semi-féodal, avec un seigneur obscur vivant dans son ranch et une population fascinée qui, au train où allaient les choses, finirait bientôt par lui payer la taille et le droit de tonlieu.

Si Verviers se rendait compte de son pouvoir, c'était difficile à dire. Toujours taiseux, il gouvernait par ordres secs et laconiques et ne se passionnait apparemment que pour sa ferme, sans s'occuper du reste. Mais quand même, il prit après l'affaire Navolli certaines décisions témoignant qu'il se savait capable de choses importantes.

D'abord, il jugea que le forfait de ce misérable était une preuve que certains besoins n'étaient pas satisfaits chez les Châtillonnais mâles, et que leur frustration pouvait s'avérer dangereuse. Auparavant, les gens avaient accès par Internet et la télévision à toute la pornographie nécessaire, et ils pouvaient se rendre facilement à Névry où certains garnis proposaient un service adéquat. La réclusion actuelle posait problème sur ce plan. Verviers suggéra donc au maire Agnelet de prélever sur les ressources communales de quoi rémunérer une ou deux prostituées, au titre du service public. Le maire s'étouffa mais Verviers lui expliqua son raisonnement, et le convainquit plus ou moins.

— Je veux bien, dit le maire, mais je ne vois pas à qui m'adresser pour pourvoir le poste.

— Plusieurs femmes du canton offrent déjà ce genre de service, révéla Verviers.

Le maire tomba des nues. Verviers ricana.

— Visiblement, vous ne comptez pas parmi leurs clients.

— Donnez-moi des noms, je verrai ce que je peux faire.

Mais les projets de Verviers allaient plus loin. Il réfléchissait à l'avenir. Imaginons, se disait-il, que Châtillon demeure coupé du monde pendant plusieurs générations, voire pour l'éternité ; la survie du village n'exige-t-elle pas qu'on programme dès à présent des naissances ? Et si, comme prétendent certains, Châtillon était tout ce qui reste de la Terre disparue, et les Châtillonnais tout ce qui reste de l'humanité ? La survie de l'Homme dépendrait de nous ! L'attentisme dans ces conditions serait fatal : vu la moyenne d'âge élevée et les difficultés de subsistance, la population décline déjà à vitesse accélérée. Verviers se représenta deux Châtillonnais dans la forêt de Vincerres, nus devant un chêne. Ce couple symbolique serait le dernier du canton, et peut-être le dernier sur Terre. C'étaient Adam et Ève, mais à l'envers : au lieu que leur descendance future envahisse fantastiquement la planète, celle-ci s'était dépeuplée en ne laissant qu'eux. Pour peu que l'un des deux fût infertile, c'en serait fini de l'espèce humaine ; ils n'auraient plus qu'à se regarder vieillir et à mourir, en tirant le rideau sur la comédie humaine qui avait duré tant de siècles.

Mais on n'en était pas là. Il fallait agir, recruter des filles, de jolies Bierroises bien fraîches et bien joufflues qu'on accouplerait avec des jeunes gens bien portants. On créerait des familles, on encouragerait la natalité – en tenant compte bien sûr des capacités de production du canton, et du foncier disponible. Une chose était sûre : plus on aurait de bras, mieux on se conserverait.

Il téléphona à Schmitz pour lui parler de ses idées. Schmitz resta sur la réserve, parce qu'il n'aimait pas les enfants et qu'il trouvait que cette politique nataliste avait des relents d'eugénisme, même s'il ne savait pas exactement ce que signifiait ce mot. Mais Verviers soutint qu'à long terme, repeupler Châtillon était nécessaire, au moins pour la perpétuation du ranch.

Dès le lendemain, Schmitz fit donc savoir partout que le ranch recruterait désormais non seulement des garçons travailleurs et des hommes compétents mais aussi des jeunes filles en bonne santé, qui seraient logées et nourries convenablement en échange des services qu'on attendait d'elles.

*

La maison de Dieu de Châtillon ne désemplissait pas, le père Delapierre était ravi. Quel triomphe pour la vieille Église qu'on disait moribonde ! Et quel dommage que ce formidable succès ne fût pas communicable à l'extérieur ! L'évêque, s'il l'avait su, l'aurait félicité, même si Delapierre n'y était au fond pas pour grand-chose. Mais quand même, son rôle n'était pas nul : il veillait sur la foi retrouvée des Châtillonnais, il la consolidait par ses sermons, il confortait ses ouailles dans l'idée que la solution viendrait d'En haut. Ah ! Si Monseigneur l'avait vu tenir la foule en haleine dans l'église pleine à craquer, et ramener dans la lumière tous ces agneaux perdus !

Pour désengorger l'office du dimanche, le plus couru, le père Delapierre se multipliait, célébrant une messe par jour à Châtillon, le soir à dix-huit heures, puis se transportant à vélo dans les paroisses pour d'autres offices. À sa clientèle habituelle de bigotes et de retraités s'ajoutaient maintenant des jeunes couples, des adolescents, des quadragénaires détournés du matérialisme ambiant, sensibles de nouveau à la notion de l'Au-delà. Et puis, miracle : il avait reçu des demandes d'ordination ! Cinq garçons âgés de quinze à dix-huit ans, qui disaient que les événements récents, en les renseignant sur le sens de leur existence, les avaient convaincus de la dédier à Dieu. Euphorique, Delapierre avait accepté de les former ; il serait un séminaire à lui tout seul, il recueillerait leurs vœux et, qui sait, il prendrait un jour la tête d'une armée de diacres, prêts à rechristianiser la Bierre.

Malheureusement, le catholicisme subissait la concurrence de cultes nouveaux et improvisés, lancés au jour le jour par des esprits perturbés. Ainsi des hurluberlus rendaient-ils depuis quelque temps un culte au soleil, croyant que l'astre suprême serait sensible à leurs implorations. Chaque samedi, ces imbéciles se réunissaient sur la colline d'Apont, à trois kilomètres de Châtillon, point le plus élevé du canton. Delapierre s'était fait décrire une cérémonie par des témoins : les adeptes, au nombre d'une douzaine, formaient un cercle autour d'un rocher puis marmonnaient des incantations incompréhensibles, après quoi ils levaient les bras au ciel puis posaient les mains sur la pierre, pour entrer en contact avec des puissances telluriques. L'ensemble de ces opérations durait une heure, après quoi ils redescendaient en silence et se dispersaient dans le village.

D'autres sectes du même genre naquirent. Elles ennuyaient bien le père Delapierre, même si leur petit nombre d'adeptes et leur composition sociologique particulière – elles rassemblaient surtout des abrutis et des âmes en peine – ne menaçaient pas sérieusement l'Église. Sa hantise, c'était plutôt une dissidence à l'intérieur du catholicisme, l'apparition d'une communauté pseudochrétienne qui diviserait la paroisse, comme la sécession du ranch Verviers en version religieuse. L'église de Châtillon devait rester unie ; lui vivant, les hérésies ne passeraient pas.

Ces dérives témoignaient en tout cas de la détresse de certains Châtillonnais qui, à force de tourner en rond dans le canton fermé, commençaient de perdre les pédales. Cela pouvait surprendre, s'agissant d'une race si terrienne, si pragmatique et pleine de bon sens, qui, dans l'Histoire, avait surmonté toutes les épreuves – les famines, les mauvaises récoltes, les guerres de clans, l'Occupation. On aurait pu croire que les Châtillonnais s'accoutumeraient à tout, et qu'ils s'en remettraient pour sauver leur âme à leur sempiternelle philosophie, mélange de flegme, de fatalisme, de confiance dans la nature et de bonne humeur. Mais précisément : peu aguerris à l'introspection, ils sombraient plus facilement dans la panique et l'irrationalité, d'où les excès qu'on voyait à présent.

Un autre signe de ce désarroi fut la multiplication des cas de dépression, de crises d'angoisse et d'alcoolisme qu'enregistraient les deux médecins. Ces maux frappaient toutes les catégories sociales,

les deux sexes et tous les âges, mais spécialement les chômeurs et les femmes célibataires. L'alcoolisme, notamment, était pour ces égarés une pente naturelle, les Châtillonnais ayant par atavisme ou par tradition des prédispositions dangereuses à la boisson.

Heureusement, les stocks des bistrots n'étaient pas extensibles et les tenanciers, pour prolonger leur commerce, modéraient autant que possible la consommation des clients – ils avaient même réclamé du maire qu'il instaure un rationnement, sans succès. Or, deux des trois établissements du village avaient vidé leur cuve à bière, et leurs réserves de vins, pastis et whiskies seraient épuisées bientôt. M. Duval (cousin de l'ancien épicier), le gérant du Sénat miniature, ainsi nommé lors de sa création en 1902 parce qu'il faisait face à l'hôtel de ville, avait eu l'idée de réduire la contenance de ses doseurs, en y injectant une pâte transparente ; mais les habitués avaient repéré la supercherie, et exigé le rétablissement des trois centilitres réglementaires. Il renonça donc, non sans se demander ce qui arriverait quand tout serait consommé. Il n'aurait plus qu'à baisser la grille, sauf à croire qu'une partie de sa clientèle continuerait de venir pour boire de l'eau, hypothèse ridicule par définition.

M. Duval eut alors un coup de génie. Il n'y avait plus rien à boire dans les cafés ; mais dans les maisons ? Chaque Châtillonnais ne conservait-il pas chez lui un peu d'apéritif, quelques bouteilles de vin dans sa cave, deux ou trois caisses de bière pour les soirées d'été ? Autant de trésors modestes qui, mis bout à bout, pouvaient sauver la profession pour des mois, voire des années. Enchanté de son idée, M. Duval s'associa avec ses confrères – le Café des Sports et le Bar des Amis à Châtillon, le bistrot de la Place à Anulay, les auberges de Frangy et d'Allery, le restaurant-bar de M. Moll à Montapas – et mit au point une campagne de publicité, avec un tract expliquant leur démarche.

NOUS ACHETONS VOS BOUTEILLES

Depuis le début des événements, les cafés sont un lieu irremplaçable de convivialité, de jeu et de distraction. Malheureusement, nos établissements sont aujourd'hui menacés de pénurie. C'est pourquoi les cafetiers rachètent dès aujourd'hui tous vos vins, apéritifs, spiritueux, liqueurs, bières, digestifs, cidres, élixirs et autres boissons alcoolisées. Venez-nous en aide ! En vidant votre cave, outre que vous gagnerez une place précieuse, vous contribuerez à la sauvegarde du petit commerce, et aiderez à la lutte contre la solitude et l'ennui. Vendre est aussi un geste bénéfique à la santé publique, puisqu'il mettra la consommation d'alcool sous la surveillance de professionnels expérimentés, empêchant les soûleries sauvages à domicile.

Pour que vivent les cafés de la Bierre, cédez vos flacons ! Nous vous accueillerons toujours pour des moments de plaisir et de sociabilité qui rendent la vie plus douce.

L'association des cafetiers du canton.

Hélas, les Châtillonnais renâclèrent à se séparer de leur cave. Inconsciemment, ils la voyaient comme un élément de thésaurisation, un bien inaliénable, même en cas de crise, à l'instar des bijoux de famille et des albums-photos.

— Mais enfin, protestait Duval, à quoi bon garder ces bouteilles, puisque vous ne les ouvrez pas ?

— Quand même, répliquaient les intéressés.

— Vendez-les-nous.

— Non.

— Vous comptez les boire un jour ?

— Là n'est pas la question.

Les rares qui voulurent bien jouer le jeu sentirent dès lors le bon filon et firent monter les prix, ce qui doubla le tarif du verre dans les bistrots. Bref, l'opération fut un échec.

M. Duval cependant ne s'avoua pas vaincu, et décida de distiller lui-même. Le bouillage de cru était une tradition dans la région, et beaucoup de paysans avaient conservé le matériel nécessaire. Il racheta donc un alambic et s'installa avec ses confrères dans un entrepôt désaffecté à Collinon ; ainsi naquit la Distillerie de la Bierre qui, dans quelques mois, donnerait ses premières bouteilles d'eau-de-vie de prune, de pomme et de noix. Et M. Duval, très fier, songeait que c'était dans l'adversité que naissaient les entreprises les plus florissantes.

Mais quittons les alcools pour revenir au malaise des populations. L'angoisse, la claustrophobie et l'ennui étaient si forts chez certains qu'ils devenaient sots, ne supportant plus d'être privés du contact avec l'extérieur, comme des naufragés sur une île à qui la solitude fait perdre l'esprit. Ces Châtillonnais ne s'étaient jamais intéressés à leur pays, ils n'avaient eu toute leur vie d'yeux et d'oreilles que pour le dehors, par écrans et téléphones interposés ; or, ce dehors ayant disparu, il ne leur restait plus que la Bierre – et c'était comme s'il ne leur restait rien.

Les plus désespérés se mirent à nier carrément le phénomène, et à rejouer fictivement leur vie d'avant. Ils prétendirent recevoir quotidiennement des appels de Névry, de Paris, du monde entier ; à tout bout de champ ils brandissaient leur téléphone portable et entamaient des conversations imaginaires avec des interlocuteurs étrangers. Chez eux, ils allumaient la télévision, regardaient longuement l'écran noir ; puis ils consultaient leur ordinateur, indifférents au message d'erreur, passant parfois la journée à se persuader qu'ils y voyaient quelque chose.

On se repassait des DVD, de vieilles cassettes vidéo, moins pour les films enregistrés dessus que pour les publicités, qui rappelaient le passé. Parfois, on y découvrait des émissions de 1996, 1999 ou 2005 ; on se les passait en boucle, comme des preuves du monde perdu. Ces cassettes passaient de main en main, provoquant une sorte d'addiction : les gens avaient besoin de voir des images de l'extérieur, comme le toxicomane a besoin de sa dose. Dans les vieux magazines, les livres illustrés, les atlas, ils découpaient des photographies de lieux lointains : New York, les îles Caïmans, le Taj-Mahal, l'Antarctique. Ils les collaient sur du carton et les recouvraient de plastique, comme des reliques. Ces endroits avaient-ils sombré, à la manière de l'Atlantide ? On n'était sûr de rien. Peut-être qu'en vérité le monde n'avait jamais existé ; peut-être que les continents, les mers et les villes étaient des mythes, forgés dans les âges anciens et transmis d'un siècle à l'autre jusqu'à eux, qui n'y croyaient plus.

Mais alors ces vidéos, ces photos ? Simulacres, répondaient les sceptiques ! Inventions. Rien n'était vrai. Rien n'existait que Châtillon et ses alentours, ce sol concret où nous étions nés, où nous vivions, où nous mourrions. Non parce qu'on l'aimait spécialement, mais parce qu'il n'y en avait simplement pas d'autre.

*

Comme ses projets de livres n'avançaient pas et que le cœur n'y était plus – à quoi bon s'acharner sur un chef-d'œuvre que personne ne lirait ? –, Jérémie Mathieu eut l'idée pour se divertir de se transformer en sociologue, et de récolter les témoignages des habitants. Comment vivaient-ils la crise ? Quels étaient leurs espoirs, leurs craintes, leurs explications ? Si un jour les frontières se rouvraient, un tel recueil d'opinions serait un document précieux sur la façon dont une communauté affronte une expérience limite. Et si elles ne se rouvraient pas, eh bien ! il serait profitable aux Châtillonnais du futur, qui apprendraient avec émotion comment vécurent leurs ancêtres. Jérémie imaginait une famille de l'an 2100, plongée dans son ouvrage, lisant le récit d'un aïeul ; chaque maison aurait un exemplaire, et ce livre régulièrement réimprimé serait une Bible, un Testament du peuple élu, écrit au début de son épreuve.

Non, Jérémie ne serait pas célèbre à Paris ; mais il serait connu dans Châtillon sur trente générations, ce qui n'était pas si mal. La gloire et l'anonymat sont une question d'échelle. Et puis quoi ? Son roman, à Paris, aurait été lu par cinq cents initiés puis oublié au bout de trois mois ; ici, son livre toucherait tout le monde pendant des décennies. Ce n'était pas le public dont il avait rêvé ; mais qu'avait-il de moins que celui de la capitale ? Jérémie ravalait ses ambitions, prenait conscience de son snobisme. Finalement, la Bierre n'était pas indigne de lui ; la question était plutôt de savoir s'il était, lui, digne d'elle. Cette terre était la sienne. Les campagnards rustiques qui la peuplaient formaient sa famille. Ses voisins de Crillonne lui avaient offert du pain et du réconfort au creux de l'hiver, quand il avait sonné chez eux parce qu'il mourait de faim et que la neige l'empêchait de descendre au village. Un journaliste mondain, un beau parleur parisien en auraient-ils fait autant ?

Ainsi Jérémie commença-t-il de sillonner le canton, bloc-notes en main, en proposant aux gens de parler.

— Que devons-nous dire ?

— Ce que vous voulez.

— Mais…

— Ce qui vous passe par la tête. Ce que vous jugez important. La façon dont vous vivez cette histoire.

Sa démarche suscitait la méfiance ; peu habitués à être mis en vedette, jamais consultés par référendum, les Châtillonnais n'imaginaient pas que leur avis fût intéressant, et soupçonnaient une escroquerie.

— Que ferez-vous de ce que nous raconterons ?

— Rien, assurait Jérémie. Je compilerai vos propos.

— Nous pourrons relire ?

— Évidemment.

— Pourquoi vous intéressez-vous à des gens comme nous ?

— Des gens normaux, vous voulez dire ?

— Oui.

Jérémie sourit.

— Vous n'êtes plus des gens normaux. Vous êtes les acteurs d'une aventure inédite dans l'Histoire. Vous n'en avez pas conscience, mais la moindre de vos paroles, la moindre anecdote sur la façon dont vous vivez sont importantes.

Ses interlocuteurs plissaient les yeux, cherchant une autre question – comme s'ils voulaient à toute force découvrir une arnaque sous sa proposition, et avoir ainsi la satisfaction de ne pas s'être laissé avoir.

— Ce n'est pas payant, au moins ?

— Bien sûr que non.

Ainsi s'ouvrirent les premières portes, principalement des vieillards, heureux qu'on les écoute ; ils retenaient Jérémie tout l'après-midi, puis suggéraient qu'il revienne le lendemain pour entendre la suite. Leurs explications sur la vie depuis septembre 2012 se mélangeaient à des souvenirs sur Châtillon et son histoire ; ils parlaient de leur jeunesse, des traditions, de leur mariage avec une fille du coin, écrasaient une larme puis s'excusaient de sortir du sujet.

Grâce au bouche-à-oreille, Jérémie fut invité partout. Il interviewa des retraités, des mères de famille, des adolescents. Schmitz l'autorisa à mener des entretiens au sein du ranch, et joua le jeu lui-même. (Jérémie aurait également voulu rencontrer Verviers, mais celui-ci se défila, prétextant du travail.)

Un interlocuteur lui offrit un enregistreur à cassettes, pour lui épargner de tout noter à la main ; voyant cet équipement, d'autres se rappelèrent qu'ils possédaient eux aussi des magnétophones, plus perfectionnés que celui-là, dont ils ne se servaient plus. Ainsi Jérémy rentrait-il chez lui avec du matériel plein son sac et des dizaines de cassettes vierges, sans compter les heures de témoignages qu'il réécoutait la nuit, en transcrivant les meilleurs passages.

Certains, quand il sortait son micro, étaient intimidés.

— Je n'ai rien à dire.

— Mais si.

— Rien d'intéressant.

— Tout m'intéresse.

D'autres, embellissant les choses, prétendaient n'avoir jamais paniqué, n'avoir pas utilisé un seul coupon de rationnement, n'avoir souffert ni de la faim ni du froid, etc. Jérémie les laissait aller au bout de leurs versions avantageuses ; il savait par expérience qu'ils reviendraient à la vérité, et qu'ils finiraient par lâcher ce qu'ils avaient sur le cœur.

— Il y a aura mon nom ?

— Comme vous voulez. Votre témoignage peut rester anonyme, si vous préférez. Ou alors, vous ne donnez que des éléments impersonnels : âge, profession, situation de famille, etc.

— On me reconnaîtra facilement.

— Aujourd'hui, oui. Mais dans l'avenir, non, et ces renseignements seront utiles à vos lecteurs.

— Je dois choisir tout de suite ?

— Non. Rien ne presse.

Et par-devers lui Jérémie songeait, enthousiaste et mélancolique : j'ai encore mille neuf cents histoires comme la vôtre à enregistrer.

*

Valentin, 17 ans. « Passionné de musique, je prenais depuis trois ans des cours de guitare à Névry. Mes amis et moi avions monté un orchestre. Nous jouions des standards et des compositions personnelles dans le pavillon des parents de notre bassiste, à Saint-Bernin. Ma mère m'y emmenait en voiture, en attendant que j'obtienne mon permis de conduire. Mais à présent que le village est coupé du monde, tout est terminé, et je m'ennuie beaucoup. Il me reste ma collection de disques, que j'écoute tous les jours. Je les connais par cœur. Faute de communication avec l'extérieur, je ne peux plus commander de nouveaux albums, ni m'informer sur l'actualité. C'est démoralisant. Un jour, je me suis dit que le seul moyen pour renouveler ma discothèque consistait à chercher ici, dans le canton. Je ne suis tout de même pas le seul mélomane de la Bierre ! J'ai déposé une annonce. Malheureusement, il n'y a pas eu beaucoup de réponses ; je suis entré en contact avec quelques jeunes des hameaux voisins, mais leur collection n'égale pas la mienne. Quant aux Châtillonnais plus âgés, leurs goûts sont éloignés de ceux de la jeunesse. J'espère que les frontières vont se rouvrir bientôt, car je commence à fatiguer. »

Michel René, 45 ans, technicien. « Selon moi, ce n'est pas le fruit du hasard. Je veux dire, pourquoi *nous*, *ici*, à la campagne, plutôt qu'en ville ? Regardez autour de vous : nous avons des champs, du bétail, du matériel agricole, tout un savoir en matière de culture et d'élevage. Nous sommes deux mille sur un territoire suffisant, assez petit pour qu'on le traverse à pied mais assez grand pour que chacun s'isole. Bref, une unité autosuffisante, avec tout ce qu'il faut pour vivre. Imaginez maintenant le même scénario, mais dans une mégapole de cinq cent mille habitants : la moitié de la ville serait morte de faim au bout de huit jours, et l'autre s'entre-tuerait pour les restes. Donc, il y a une logique là-dedans. Ne me demandez pas qui tire les ficelles. Je n'en ai aucune idée, et je ne souhaite pas porter le débat sur un terrain théologique. Retenez simplement ma conviction : tout est calculé, nous pouvons donc nous en tirer. »

Ghislaine Guillemaud, 79 ans, retraitée. « Dès les premiers jours, j'ai été gênée par le calme, le manque d'animation. La route de Névry à Château-Quercy était jadis un axe important ; je voyais depuis ma fenêtre les manœuvres des camions à l'angle de la rue du Docteur-Madiran et de la rue du Docteur-Dubois, c'était un spectacle. Vous trouverez cela idiot, mais j'avais l'impression grâce à eux d'être reliée au monde. Le bruit de leurs moteurs me manque. Je remarque aussi qu'aucun avion ne passe plus dans notre ciel. J'aimais leur traînée blanche. À présent, la voûte céleste est vide. Je me demande si notre Seigneur s'y trouve encore, ou s'Il a disparu Lui aussi. »

Sébastien Rabuset, 28 ans, sans emploi. « Selon mon voisin, le fait que nous ayons du courant électrique prouve que le monde existe toujours, car il faut bien que cette électricité vienne de quelque part. Je demande à voir. »

Jean-Luc C., 34 ans, dessinateur industriel. « Ce qui me fascine, c'est notre capacité d'adaptation. Notre cas est unique, nos conditions de vie sont bouleversées, notre vision du monde est entièrement remise en cause, mais nous continuons de vivre. À considérer froidement les choses, la réaction sensée eût été de tomber à genoux, de pleurer et de nous laisser mourir. Or, non. Nous faisons le dos rond. Avez-vous remarqué dans les rues que les gens parlent de moins en moins du phénomène, et de plus en plus d'autre chose – leurs enfants, leur jardin, leurs voisins, leur santé ? L'emprisonnement dans la Bierre devient une donnée ordinaire de l'existence, en sorte qu'ils ne s'en rendent presque plus compte. D'ici à un an ou deux, si les frontières se rouvrent, c'est d'accéder de nouveau à l'extérieur qui nous paraîtra bizarre. Tel est l'animal humain : le monde se renverse sous ses yeux et, après un moment de stupeur, il reprend le cours de sa vie comme si de rien n'était. La surface des eaux se reforme toujours. »

Martine Lambert, 40 ans, femme au foyer. « Je persiste à croire que c'est une expérience, et que quelqu'un nous regarde. »

Edmond Fugeolles, 56 ans, colonel à la retraite, conseiller municipal. « Je ne suis pas maniaque de la propreté, mais ma première inquiétude a porté sur les déchets. J'y ai pensé dès le 16 septembre, lendemain de la fermeture. Savez-vous quelle quantité d'ordures produit un Français chaque année ? Trois cent cinquante kilos. Or, les nôtres étaient transportées par camion à la déchetterie de Romy, de l'autre côté de la frontière, inaccessible à présent. D'où cette vision d'horreur : Châtillon envahi par les détritus, des fosses creusées partout pour les enfouir, la Bierre transformée en décharge. Puis j'ai réfléchi. Nous ne pouvons plus exfiltrer nos épaves mais, inversement, aucune marchandise ne rentre ; donc, nous ne produirons d'ordures qu'à partir de ce que nous possédons. Ensuite, ne pouvant plus se procurer d'objets neufs, les Châtillonnais vont acquérir des habitudes de recyclage, et cesser de tout jeter sans faire attention. Dans le contexte où nous sommes, la moindre vieille friteuse, le moindre baril de lessive vide prend une valeur d'usage immense. On abandonnera moins, on réparera plus. Enfin, l'agriculture absorbera quantité de déchets dégradables, en vue de fertiliser la terre. Bref, j'en ai conclu qu'une gestion intelligente, doublée d'une bonne campagne d'éducation, nous éviterait de mourir dans une poubelle. J'en ai parlé au maire Agnelet, et nous nous sommes mis au travail. »

Isabelle C., 29 ans, cuisinière. « Mon mari croit dur comme fer que le reste de l'humanité est anéanti, que nous sommes les seuls survivants. Je ne sais pas quoi penser, et je me demande si nous sommes maudits ou terriblement chanceux. »

Vincent Videlier, 37 ans, employé de bureau, deux enfants. « D'une certaine manière, il y a une justice. Exemple. Mes voisins, les Meunier, sont des gens très bien, mais beaucoup plus riches que nous. Lui travaillait dans une société pétrochimique à Névry, elle était comptable à domicile pour un cabinet parisien. Ils nous ont toujours regardés de haut. Leur maison est superbe, très épurée, avec des meubles modernes et beaucoup d'espace. Le contraire de notre bicoque, où ma femme et moi entassons des vieilleries dans chaque recoin, jusqu'au fond du jardin. M. Meunier a toujours jeté sur mon bric-à-brac un regard dédaigneux, comme s'il vivait à côté d'une brocante. Mais maintenant, il fait une autre tête : mon bazar est une mine d'or, où je déniche chaque jour des objets utiles. Sa maison d'architecte, elle, est une coquille vide ; son chauffage par le sol est tombé en panne cet hiver, et il n'a rien chez lui pour brûler dans sa cheminée, à part des meubles en contreplaqué qui font une fumée d'enfer. *Les derniers seront les premiers, et les premiers seront les derniers.* »

Hubert Malaville, 60 ans, agent administratif à Névry, marié. « Nous sommes deux mille ou trois mille, sur un petit territoire, sans grands écarts de fortune. Nous nous connaissons tous, ou presque. Comme dans l'Athènes antique, ou la République de Genève. N'est-ce pas l'occasion d'établir une démocratie véritable ? Imaginons. Le peuple souverain se réunirait deux fois par mois sur le terrain de football, et prendrait les décisions à main levée. Nous démontrerions aux sceptiques qu'un tel système fonctionne. Puis, le jour où nous aurons réintégré le monde, nous serons cités par la science politique en exemple de collectivité autogérée. Hélas, au lieu de ça, nous conservons bêtement les structures d'un État auquel nous n'appartenons plus, et nous nous disputons entre nous en sombrant dans la semi-dictature et l'anarchie. »

Henri Camus, 53 ans, cultivateur, Acherun, marié, trois enfants. « Durant des millénaires, des communautés humaines ont vécu dans des contrées hostiles, sur des sols infertiles, à la merci des menaces. Des tribus indiennes, des villages d'Asie, des pauvres gens crédules qui ne savaient pas lire, et qui malgré tout ont survécu. Alors nous, juchés sur deux mille ans de civilisation, dotés d'un savoir énorme, de bonnes terres grasses et de centaines de têtes de bétail, on voudrait nous faire croire que nous sommes incapables de tenir ? »

Célestin B., 30 ans, sans emploi. « C'est arrivé en 2012. Aussi bien, cela aurait pu survenir en 1970, en 1940, ou en l'an 50 après Jésus-Christ. Tout aurait même pu commencer au moment où il n'y avait dans le coin qu'un homme et une femme – Adam et Ève, si vous voulez. Le monde pour eux se serait limité à la Bierre, et l'histoire de l'Homme aurait été celle de la Bierre. Tout se serait passé comme on sait, mais en plus petit.

1492 : un marin de Fresnet traverse l'étang de Montapied, et découvre un continent inconnu.

1789 : les Châtillonnais démolissent la vieille grange qui servait de prison, et installent la République.

1914 : assassinat du maire par un terroriste, début d'une conflagration générale entre les hameaux.

1940 : Tamony-en-Bierre envahit Fresnet, riposte de Châtillon et d'Allery coalisés. Cinquante morts, ce qui à l'échelle de notre monde est immense. »

*

Les mois passèrent, l'hiver revint. Moins froid et moins neigeux que le précédent, il fut douloureux malgré tout pour les Châtillonnais qui manquaient de tout. De nouveaux décès furent signalés en décembre et janvier, après que les températures furent descendues sous zéro.

Beaucoup supportaient mal cette rigueur des éléments. Pourquoi la nature leur faisait-elle endurer pareilles conditions de vie ? Le dessein de l'Être supérieur qui combinait tout consistait-il à les achever ? Peut-être la population était-elle encore trop nombreuse à ses yeux, peut-être ce froid polaire participait-il d'une politique de sélection des éléments les plus solides. La Bierre souffrait. Mutiques, hagards et apeurés, les Châtillonnais perdaient l'espoir.

Des bénévoles continuaient d'assurer la classe pour les enfants, mais les effectifs avaient fondu. Les instituteurs tentaient de convaincre les parents de l'importance des cours, en vain. À quoi bon forcer les jeunes à s'instruire, à apprendre les tables de multiplication et à lire *Les Contes du chat perché* ? Les Châtillonnais ne croyaient plus en rien, même pas en la capacité de leurs fils à leur survivre.

Quelques-uns durant l'été s'étaient mis en tête que tout prendrait fin le 15 septembre 2013, lors du premier anniversaire. Ils trouvaient qu'une année suffisait, que l'expérience aurait assez duré. Ils se l'étaient répété jusqu'à s'en convaincre. La réouverture des frontières, de possibilité vague, était devenue une hypothèse crédible, puis une certitude, et finalement une nécessité métaphysique. La mairie, entrant dans cette folie, avait organisé un banquet, pour fêter la libération et attendre ensemble la délivrance. On entendait déjà des cris, des klaxons, des sirènes imaginaires ; le village renaissait au monde, les secours étaient là, la vie recommençait !

Beaucoup de Châtillonnais cependant trouvèrent cette idée de mauvais goût, et quelques-uns jugèrent imprudent d'anticiper trop ostentatoirement la libération, comme si la puissance qui décidait de leur sort, quelle qu'elle fût – Dieu, la Providence, le Diable ou n'importe quoi –, pouvait s'irriter qu'on voulût lui forcer la main, et annuler tout au dernier moment. La pensée magique et les superstitions, comme on voit, marchaient à fond dans Châtillon.

Finalement le banquet fut annulé, et chacun passa la journée du 15 septembre chez soi, à attendre et à prier. Les heures défilèrent, lentes, douloureuses ; en fait de secours extérieurs, il n'arriva que des nuages, ainsi qu'un crachin mauvais qui annonçait l'automne. Le soir, à six heures, quelques habitants sortirent et, par groupes méfiants, y croyant à peine, ils se rendirent aux frontières pour voir si quelque chose avait changé. Mais non : les voitures en panne étaient toujours là, la route déserte s'étendait désespérément devant eux. Quelques fanatiques décidèrent de marcher. Ils espéraient qu'en dépit des apparences la malédiction serait levée, et qu'ils atteindraient le prochain village. Ils revinrent au bout de deux heures, bredouilles et trempés, et rentrèrent se coucher sans un mot avec un sentiment d'amertume – scandalisés presque que les choses ne se soient pas conformées à leur fantaisie.

Coïncidence ou conséquence, le père Delapierre avait reçu de nouvelles candidatures. Huit novices célébraient à présent les messes sous ses ordres et sillonnaient le canton munis de Bibles, pour soutenir la foi des populations. Ils entraient au hasard dans les maisons et lisaient des passages du Livre aux familles silencieuses, qui s'ennuyaient tant qu'elles se laissaient faire. Ces visites étaient pour elles une distraction gratuite à domicile, comme jadis le passage du facteur ; et puis, peut-être que ces pages sacrées cachaient une solution, et qu'en se les faisant lire à voix haute on aurait une révélation.

L'enthousiasme de ces jeunes était communicatif. Delapierre admirait leur foi, leur discipline, leur acharnement à diffuser la Parole. Ils étudiaient du matin au soir, priaient sans cesse ; ils se taillèrent des scapulaires noirs à capuchon, habit traditionnel des bénédictins qu'ils avaient vu dans un livre, et deux d'entre eux adoptèrent la tonsure. Ils réclamaient toujours plus de tâches à accomplir, plus de preuves de foi à donner ; si Delapierre ne les avait pas modérés, ils auraient renoncé à tout loisir, aux repas, au sommeil. Parfois, il les trouvait inquiétants.

Quatre d'entre eux, les plus acharnés, voulurent fonder un monastère et se retirer du monde.

Il y avait près de l'anse du canal, dans la rue du Vaucluse, un ancien couvent racheté au début des années 1990 par des investisseurs qui l'avaient transformé en chambres d'hôtes. Or, l'établissement était fermé quand la crise avait commencé ; la bâtisse était donc vide, et disponible jusqu'à nouvel ordre – personne n'avait eu l'idée de s'y installer.

Le père Delapierre s'entretint avec le maire, qui ne vit pas d'inconvénient à ce que ses disciples l'accaparent dans un but religieux. À strictement parler, c'était une violation de propriété – il faudrait forcer la porte –, mais on n'était plus à ça près, et les buts élevés de l'opération justifiaient cet accroc à la loi. Qui sait ? Peut-être que les prières de ces jeunes gens atteindraient leur destinataire, et qu'elles Le pousseraient à se pencher enfin sur ce morceau de Création qu'Il avait oublié dans un repli de l'espace-temps.

De nombreux Châtillonnais jugèrent ridicule ce retrait monastique. « Nous sommes déjà coupés du monde, eux veulent en plus se couper de nous. » Mais les futurs moines, sourds aux critiques, s'obstinèrent dans leur idée, réhabilitèrent le bâtiment et, le 2 février 2014, inaugurèrent le monastère de Saint-Benoît de Nursie, du nom du patriarche des moines d'Occident dont ils se promirent de respecter la règle, pour opposer à leur façon l'ordre au désordre, dans cette époque de trouble et de confusion.

*

Pendant ce temps, le ranch Verviers prospérait, fort des nombreux artisans, bricoleurs et hommes capables qu'avait débauchés le patron. Ils étaient venus par curiosité, par envie de renouveau et, pour certains, par adhésion morale à son discours antisocialisant, selon lequel chacun devait récolter le fruit de son travail et la rançon de sa fainéantise, sans redistribution pour fausser les cartes. Libertarisme primaire et intuitif, issu d'un attachement très vif à la propriété privée, et dont le parfum d'élitisme social avait du succès. La personnalité ombrageuse de Verviers jouait aussi son rôle dans cet enthousiasme ; de tous les habitants du canton, lui seul avait l'allure et le charisme d'un chef. On lui obéissait sans le contredire ; il faisait peur, il fascinait ; il inspirait la confiance et la crainte ; s'il avait coiffé un bicorne, il aurait levé une armée.

Le ranch comptait à présent cent cinquante membres, divisés en classes. Au sommet se trouvaient Verviers et sa garde, soit une vingtaine de personnes, principalement des jeunes à l'esprit militaire, installés à demeure à la ferme et qui avaient renoncé à leur nationalité châtillonnaise. Venaient ensuite des cercles divers, plus ou moins intimement liés au ranch : certains vivaient moitié ici, moitié chez eux, d'autres venaient simplement travailler trois jours par semaine, etc. Toutes les formes de collaboration étaient possibles.

Les candidatures continuaient d'affluer, mais Verviers trouvait ses troupes suffisamment nombreuses pour la quantité de travail disponible. Il craignait aussi qu'à embaucher davantage le ranch ne devînt plus difficile à gouverner.

Concernant la maternité, douze jeunes filles avaient répondu à son appel. Elles étaient logées sur place, dans une aile de la ferme aménagée pour elles. Accouplées dès leur arrivée à de jeunes ranchers volontaires (il y avait eu tant de postulants qu'il avait fallu organiser une loterie), elles étaient toutes enceintes, et donneraient bientôt naissance à la première génération de l'ère nouvelle.

Cette concentration des talents et des compétences au sein du ranch lui permettait d'afficher une santé économique insolente. Les équipes de Verviers savaient tout faire : fertiliser et ensemencer la terre, fabriquer du pain, travailler le bois, construire, agrandir et réparer les bâtiments. Il y avait un maçon, deux menuisiers, un couvreur, un électricien, trois mécaniciens, des commis de ferme, une escouade de cuisinières, du matériel en quantité et deux cents têtes de bétail soignées par le vétérinaire Guillermot, dont Verviers s'était attaché les services.

Inversement, le village voyait ses forces vives l'abandonner, et ressentait cruellement leur absence. N'y restaient que les intellectuels et les incapables, qui avaient toutes les peines du monde à survivre.

Tandis qu'au ranch les stocks s'accumulaient, le reste du canton criait famine ; situation étrange, comme si Monte-Carlo voisinait avec le tiers-monde après avoir aspiré ses élites. Le maire Agnelet et les membres du conseil municipal vinrent plusieurs fois plaider la cause châtillonnaise auprès de Verviers, en vain ; ce dernier prétextait toujours du travail pour ne pas les recevoir, et Schmitz qui le remplaçait les écoutait sans rien dire, avant de conclure d'un air hostile que si Verviers arrivait à faire tourner sa boutique et à nourrir ses équipes, il n'y avait aucune raison pour que les Châtillonnais de leur côté n'y parviennent pas.

Ces derniers, quoique victimes objectives de Verviers, ne lui en voulaient pas. Ils le trouvaient dur mais pas injuste ; ils continuaient en fait de l'admirer, tout en souffrant de son égoïsme. Verviers incarnait à leurs yeux le *self-made-man* et l'homme providentiel, celui qui ne s'en laissait pas conter et qui se retroussait les manches, le bâtisseur d'empire qui imposait ses volontés à la nature et qui changeait la donne. Il était certes dénué de scrupules, il marchait sur le dos d'autrui pour aboutir à ses fins ; mais on applaudissait jusqu'à cette indifférence aux dégâts qu'il causait.

Il y avait bien sûr des mécontents, des révoltés et des jaloux, qui remâchaient leur acrimonie et fabriquaient des rumeurs contre lui. Ayant appris qu'au ranch on mangeait du pain grâce au moulin, ils disaient que chaque jour le boulanger cuisait une trentaine de miches rondes et dorées, si rassasiantes que souvent les ranchers ne les finissaient pas, et qu'ils en donnaient donc la moitié aux cochons ; accusation insupportable aux oreilles des villageois affamés, si absurde qu'ils n'eurent paradoxalement aucun mal à la croire. Quelques-uns, scandalisés, voulurent marcher sur le ranch, comme en 1789 les Parisiennes sur Versailles ; mais personne ne les suivit, et ils rentrèrent chez eux la queue basse.

D'autres étaient choqués plutôt par le projet nataliste de Verviers, et soupçonnaient que son opération de peuplement cachait en fait une organisation de proxénétisme. Ils racontaient que Verviers avait engrossé personnellement les jeunes filles, pour façonner une génération de Châtillonnais à son image ; enivrés par leurs mensonges, outrés et envieux, ils se représentaient un sabbat lubrique dans une grange éclairée à la bougie. On disait aussi que toutes les femmes du ranch étaient forcées de se donner à lui – y compris Marie-Ange Schmitz, la pauvre –, qu'il tournait en somme au gourou, et que cette communauté utopique tirait dangereusement vers la secte.

Seulement, cette secte était florissante et apparemment heureuse, alors que le village était triste et crevait de faim.

La vérité pourtant était sensiblement différente.

Heureux, les ranchers ? Abrutis de travail, surtout. À Oulliers, on ne chômait pas. Verviers avait établi un programme strict, et faisait régner une discipline de fer. On se levait avant l'aube, à l'heure où la milice de nuit chargée de surveiller les terres pour empêcher les intrusions passait le relais à la brigade de jour, qui patrouillerait à cheval jusqu'au soir. Quinze minutes de récréation à dix heures, déjeuner de douze à treize, pause-café dans l'après-midi ; à vingt heures les travailleurs exténués étaient autorisés à rentrer, fiers et reconnaissants au chef, contents de trouver à table du pain, de la soupe et parfois un steak issu d'une vache de l'étable, mais aussi épuisés par l'effort, et un peu las de cette frénésie productive qui leur tenait lieu de doctrine.

Plus exactement, les employés ne reprochaient pas tant à Verviers de les faire travailler beaucoup que de ne penser qu'au travail. Trait fondamental de son caractère, qui était à la fois une qualité et un défaut : il était sans cesse en activité, ne s'accordait aucun répit, et ne s'interrompait que pour dormir. Ne rien faire qui fût profitable était impensable ; il ne comprenait pas les notions de vacances ou de relâche, l'oisiveté dans son esprit était un crime. Or, cette ardeur à la tâche, il entendait que ses gens la fassent leur ; de fait, jamais il n'aurait songé à organiser pour eux une fête, un jeu, à leur ménager des moments de loisir ou d'amusement. Raisonnant comme un général en guerre, il exigeait qu'on soit sans cesse sur la brèche, toujours sur le qui-vive. C'était un utilitariste ; ne comptait pour lui que le résultat, visible et concret. Il n'était pas assez subtil ni assez visionnaire pour comprendre que les trêves et la détente rafraîchissent les cerveaux, reconstituent les organismes et rendent *in fine* les troupes plus vaillantes et plus gaies.

Certains, à force, commencèrent de se demander où conduisait cette spirale. Il y avait dans les granges des céréales pour plusieurs mois, les bêtes étaient grasses et musculeuses, les arbres du verger donneraient de beaux fruits l'été prochain : à quoi bon produire plus, pourquoi ne pas prendre un peu de congé ? Verviers répondait d'une voix sèche que ralentir la marche serait une faute, qu'il fallait au contraire redoubler d'efforts. Ne s'arrêterait-il jamais ? Victime de sa passion cumulative, il était incapable d'envisager une conception paisible de l'existence, et creusait sans le voir un fossé avec ceux de ses employés qui n'étaient pas comme lui, et qui ne le comprenaient plus. Il ne s'agissait pas pour ses ouvriers de sombrer dans l'indolence, ou dans le communisme à la Pithrier, attitudes qui auraient fait horreur à tout le monde – c'était pour s'en protéger qu'ils avaient suivi Verviers ; mais un moyen terme était possible, où l'on ne se tuerait pas à la tâche sous prétexte de ne pas mourir de faim.

Ces récriminations témoignaient d'un début de déception à l'égard de Verviers, ou plutôt d'une attente insatisfaite. Verviers pour eux était un Sauveur ; nul ne doutait qu'il manigançait dans sa tête un plan génial, un grand dessein pour la Bierre qu'ils concouraient tous à réaliser. Un jour, il le leur dévoilerait, et chacun comprendrait alors le sens de son labeur. Conviction vague mais enracinée, eschatologie bricolée d'après un mélange de christianisme, de bonapartisme et de gaullisme. (La Bierre votait à gauche mais, comme dans nombre de terres de

Résistance, le chef de la France libre y demeurait une icône.) Or, l'impatience gagnait. La conviction des ranchers d'avoir misé sur le bon cheval avait besoin d'aliments, l'autopersuasion ne suffisant plus. On ne faisait plus confiance aveuglément à Jean-Claude Verviers ; on attendait maintenant qu'il donne des signes, des indices et des preuves.

Hélas, Verviers n'avait aucun plan, même pas le moindre projet. Toute l'affaire s'était faite malgré lui, sans qu'il la contrôle ; il avait mené sa barque à l'aveugle, sans voir loin ni se poser de questions. Sans objectif, incapable d'une vision du futur, il n'était pas le *leader* semi-divin que croyaient ses fidèles. Son but unique était de travailler sa terre pour engranger plus de blé que l'an passé, de soigner ses bêtes et d'entretenir ses machines, puis de recommencer jusqu'à la fin, avant de transmettre l'exploitation à un successeur – un petit du ranch, par exemple, qu'il formerait pour en faire un paysan d'élite, fort comme un bœuf, malin comme un renard. Il n'avait pas d'ambition qui dépassât ces visions comptables ; obnubilé par les chiffres, il voyait en fait moins loin que la plupart des gens. Pour lui, sa ferme était très bien telle quelle, avec ses palissades, son mirador et son moulin ; il n'aurait pas voulu autre chose, sinon la rendre plus grosse, plus riche – notamment, il trouvait inutile qu'elle soit plus accueillante, ou plus confortable. L'embellir serait même nocif, car l'excès de confort féminise les hommes, et leur donne le goût du superflu.

Ses vues courtes, en somme, ne formaient pas une stratégie, et il n'avait rien à proposer. Chacun commençait de le comprendre, tout en voulant croire que son silence révélait l'inverse.

Pour couronner le tout, des dissensions naquirent dans son entourage, à cause des phénomènes de cour inhérents à la proximité du pouvoir. Le problème ne venait pas de Paul Schmitz, qui faisait rarement parler de lui, mais plutôt des jeunes recrues enthousiastes chargées de l'ordre et de la défense nationale, qui se sentaient des destins d'héritiers et, soit qu'ils prissent leur mission trop au sérieux, soit qu'ils voulussent imiter le maître, se comportaient en soudards et en voyous. Ils avaient souvent reconduit hors du ranch des villageois intrigués avec force insultes et coups inutiles ; même les autres ranchers avaient été choqués, et tout le monde s'était mis à les appeler « les miliciens », par référence aux années 1940.

Le plus fanatique était Aurélien Gobert, un Bierrois de dix-neuf ans qui ne jurait plus que par Verviers. Robuste, opiniâtre, ce passionné d'arts martiaux et de bandes dessinées n'avait pas mauvais fond, mais il adorait tellement son seigneur et maître qu'il mettait à le servir un zèle excluant l'esprit critique. Il n'avait aucun humour ; plus exactement, il s'était débarrassé du peu d'humour qu'il possédait, Verviers étant connu pour n'en avoir pas. Gobert développait des réflexes de mimétisme étonnants et, tel un caméléon, il avait pris l'accent de Verviers, ainsi que tous ses tics de langage.

Avec Schmitz, le courant passait mal. Schmitz trouvait Gobert un blanc-bec vaniteux, qui se croyait un caïd mais s'écroulerait à la première épreuve. Gobert voyait en Schmitz un crétin lymphatique, dénué de caractère et dépassé par les événements. Leur conflit demeurait souterrain, car Verviers n'aurait pas toléré la querelle ; mais la tension entre eux se répercutait sur tout le ranch, et contraignait chacun à prendre plus ou moins parti. Gobert faisait sur Schmitz toutes sortes de plaisanteries idiotes, Schmitz favorisait un climat de défiance à l'égard de Gobert, et les deux camps s'infligeaient des coups fourrés et des vexations, sans cacher leur volonté de nuire. Souvent, ils donnaient aux ranchers des ordres contradictoires. Par exemple, Schmitz demandait à tel ou tel de tailler une haie, et lui confiait les outils nécessaires ; en chemin, l'intéressé croisait Gobert qui, sous prétexte de sécurité, interdisait toute présence dans ce secteur jusqu'à nouvel ordre. Le tailleur de haie rentrait sans avoir rien fait, d'où les remontrances de Schmitz qui lui enjoignait d'y retourner ; le pauvre repartait exaspéré et, sur place, recroisait Gobert qui le houspillait de nouveau et le traitait d'imbécile.

Un mot de Verviers aurait mis fin à ces enfantillages, mais Verviers ne voyait rien de ce qui se tramait. Du matin au soir il transpirait sur son tracteur, s'oubliant dans le travail pour ne pas penser à ce qu'il allait faire de cette communauté qui le prenait pour son guide et qui lui faisait regretter sa solitude.

Laissée à son cours, la guerre dégénéra. Un jour, Gobert parla un peu sèchement à Schmitz, oubliant le respect dû aux aînés – valeur fondatrice au sein du ranch. Schmitz décida que la cuve était pleine, et qu'il ne pouvait pas se laisser marcher dessus par ce gamin qui n'avait pas vingt ans. Serrant les dents, il fixa durement son agresseur ; ce dernier, qui le croyait veule et tiède, ricana pour montrer qu'il n'était pas impressionné. Il fut très surpris quand Schmitz, après avoir craché par terre, se rua sur lui et lui décocha une droite. Le combat fut bref mais violent, avec quelques coups précis qui firent couler du sang. Gobert découvrit que Schmitz était plus vif que prévu, Schmitz que Gobert était moins fluet qu'il ne pensait. Au bout de quelques secondes, tandis que les ranchers éberlués faisaient cercle autour des belligérants, Verviers déboula et interrompit la rixe, écumant de rage.

— Comment osez-vous vous donner ainsi en spectacle ?

Gobert tenta de se justifier.

— C'est Schmitz qui…

— Je ne veux rien savoir, coupa Verviers. Disparaissez.

— Mais…

Verviers pointa son doigt sur lui.

— Toi, tu vas te cacher dans la forêt.

Verviers transpirait, écarlate ; on devinait ses efforts pour se contenir, et ne pas massacrer son cadet sur place.

Gobert renifla, jeta vers Schmitz un regard plein de haine puis partit en marmonnant, tandis que les ranchers s'écartaient pour le laisser passer.

Verviers se tourna vers Schmitz.

— Quant à toi…

Il ne finit pas sa phrase. Schmitz était plus vieux que lui, il ne pouvait pas le morigéner comme Gobert.

— Va t'essuyer le visage, dit-il d'une voix lasse.

Il jeta un regard à la cantonade.

— Et vous, reprenez le travail.

Il rentra dans sa ferme en donnant des coups de pied dans les cailloux, et ne réapparut pas de la journée.

*

Michel Thorens, 54 ans, moniteur d'auto-école. « Mon grand-père n'a jamais voyagé, sauf en 1914 pour partir à la guerre. Il est revenu avec un poumon malade et deux doigts coupés. Il n'a jamais eu besoin de voir ailleurs, la Bierre lui a suffi. Pour autant que je sache, il a vécu heureux. Pourquoi ne le serions-nous pas ? »

Louise Bobin, 35 ans, commerçante. « Je ne me suis jamais tant ennuyée. Au réveil, je me sens bien durant quelques secondes ; puis je me souviens que je suis séquestrée, qu'aujourd'hui encore je ne verrai pas d'autres têtes que la veille, pas d'autres paysages, que je ne ferai rien que chercher à manger et attendre le soir. L'après-midi, j'erre dans les rues. Sur le pont du canal, je songe à me jeter à l'eau, ne sachant pas nager. J'ignore ce qui me retient. Une vie comme la nôtre ne vaut pas d'être vécue. »

Marion Rambier, 26 ans, sans emploi. « Je suis mère d'un garçon d'un an et demi, Vincent, né quelques jours avant que le village soit coupé du monde. Je rentrais de la maternité quand les événements ont commencé. L'ironie de l'histoire veut que Vincent aurait dû naître le 14 septembre, veille de la fermeture ; mais il est arrivé plus tôt. S'il avait respecté le calendrier, nous aurions passé la nuit du 14 au 15 à la clinique, et serions bloqués dehors au lieu d'être bloqués dedans. Je ne devrais pas parler ainsi, mais j'en veux à mon fils. Par sa faute, j'ai perdu ma liberté. »

Simon Febvre, 16 ans, lycéen. « Ma mère dit que c'est une punition. Nous avons commis une faute, que nous payons à présent. Un châtiment de Dieu. »

Stéphane Lemaire, 37 ans, professeur de gymnastique. « Je croyais vraiment réussir. C'était idiot : des dizaines de gens avant moi ont échoué – mais tant qu'on n'a pas fait l'expérience par soi-même, on pense avoir sa chance. Car enfin, qui se croirait raisonnablement incapable d'un exploit aussi dérisoire que *sortir du village* ? Alors j'ai essayé. Et j'ai raté.

J'ai marché deux jours avant de faire demi-tour, honteux. Durant la semaine qui a suivi mon retour, je me suis caché. »

Christophe J., 41 ans, conducteur de travaux. « Je pense à nos enfants, dont l'avenir est bouché. Tu te rêvais dessinateur, pilote, comédien ? Remballe : tu resteras dans la Bierre, tu cultiveras ton lopin, tu vieilliras ici. Tu croyais partir, conquérir le monde ? Mais le monde, petit, il est là, sous tes yeux ; il n'y a rien à conquérir, nulle part où aller ; tu sais tout, tu es allé partout, tu as vu tout ce qu'on peut voir. Chez nous, on est vieux à douze ans, car à douze ans on a fait dix fois le tour du monde. »

Jean-Luc Martelli, 60 ans, travailleur social. « Des mystiques vont et viennent en répétant que l'Apocalypse a eu lieu, qu'hors de la Bierre il n'y a plus rien. Au début, ils me faisaient sourire ; à présent, j'en ai assez. Ce millénarisme m'insupporte. "Si nous sommes les seuls survivants, leur ai-je lancé l'autre jour, pourquoi ne pas réparer ce regrettable oubli ? Suicidons-nous !" Certains m'ont regardé d'un air montrant qu'ils n'avaient pas compris la plaisanterie. »

Laurent Trihel-Canuët, 32 ans, informaticien. « J'étais un boulimique d'informations, et l'absence d'accès à Internet ou à la télévision m'a terriblement frustré. Je me morfondais chez moi en pensant à ce qui s'était passé dans le monde, et que nous ignorions. Peut-être le Président était-il mort dans un attentat ? Peut-être les banques avaient-elles fait faillite ? Un film remplissait les salles de cinéma que nous ne verrions pas, un livre inconnu de nous faisait polémique... Il m'a fallu des mois pour me sevrer. À présent, je ne ressens plus le manque, mais je songe parfois à tout ce dont nous sommes privés. À la vie qui continue sans nous, à l'Histoire dont nous sommes sortis. »

Anonyme, 34 ans. « L'essentiel, c'est de conserver notre sens de l'humour. Avant que tout déraille, j'étais déjà convaincu de l'absurdité de la vie, et du fait que rien n'est utile ni sensé. Sous cet angle, les choses n'ont pas changé : tout reste absolument stupide, et la vie n'est pas plus folle ni moins valable. Est-il plus normal selon vous d'habiter une planète si vaste qu'il faudrait cinq vies pour l'explorer, ou un territoire si restreint qu'on en a fait le tour en trois jours ? Avant, c'était trop grand ; maintenant, c'est trop petit. Dans les deux cas, c'est insensé, et je ne vois donc aucune raison de m'alarmer. »

Paul-Henri Bouchon, 45 ans, éleveur. « Mes fils et moi avons jeté en un an plus de cent bouteilles dans l'Arlon et le canal, avec des messages de détresse à l'intérieur. Deux ou trois se sont prises dans les joncs en aval, que des pêcheurs ont récupérées ; les autres, le courant les a emportées. J'imagine qu'elles flottent à présent dans un fleuve interminable, par analogie avec nos routes qui s'allongent à l'infini. À moins que de l'autre côté quelqu'un ne les ait trouvées, mais qu'il ne lui soit impossible de nous répondre ?

J'ai construit aussi une fusée miniature, en songeant que peut-être le mur n'était pas si haut qu'il soit impossible de passer par-dessus. Au bout de trois semaines de tests, nous avons propulsé un petit engin dans le ciel, avec un billet collé sur le fuselage. S'il est passé par-dessus le mur, ce que rien ne prouve, il a dû atterrir, d'après mes calculs, à sept ou huit kilomètres à l'est de la rampe de lancement, du côté de Ruet. Mais là non plus, nous n'avons eu aucune suite. Mes fils se sont découragés, et nous n'avons pas persévéré. »

Claude Galmont, 53 ans, juriste. « Ma femme et moi sommes adeptes du naturisme, que nous avons pratiqué pendant des années sur les plages du Sud. Évidemment, nous avons renoncé à cette habitude. Notre jardin n'est pas clos ; quel scandale, si nos voisins nous voyaient nus sur la pelouse ! Cela paraît dérisoire, mais c'est la conséquence du phénomène qui me dérange le plus : il est plus difficile aujourd'hui d'adopter un mode de vie non conformiste. Dans un pays de soixante millions d'âmes, l'individu est invisible dans la masse, personne ne s'aperçoit qu'il fait à sa façon. Dans un canton comme le nôtre, en revanche, tout le monde se connaît, chacun se surveille, le moindre pas de côté saute aux yeux et provoque une réprobation immédiate. Le conformisme est comme un gaz : plus le bocal est petit, plus la pression s'accentue. »

J'interrogeai simultanément plusieurs Châtillonnais ce jour-là, et les propos précédents ont suscité un débat.

Évelyne Pierre, 40 ans, sans emploi. « Je trouve au contraire que nous nous comportons de façon moins moutonnière, parce que nous sommes à l'abri de la publicité et des phénomènes de mode. Protégé de la propagande et des injonctions commerciales, chacun agit d'après lui-même, selon ses goûts authentiques. »

Hubert Charleblond, 71 ans, professeur d'histoire certifié, à la retraite. « Pour tromper l'ennui, j'ai rédigé une Constitution. Cela m'a pris trois mois. J'ai soigneusement étudié toutes les chartes françaises depuis 1791, ainsi que plusieurs lois fondamentales étrangères. Il y a deux pièges à éviter : le démocratisme, bien qu'il soit attirant vu la faible population, et l'autocratisme, pente naturelle dans un contexte de crise. Il faut tenir compte en outre de l'étroitesse du territoire, grâce à laquelle les gouvernants sont assez proches des gouvernés pour que ces derniers leur fassent directement des remontrances – il n'y a pas la même distance que dans les grands pays où les élus, éloignés du terrain, acquièrent facilement un sentiment d'impunité. Par conséquent, on peut parier sur un exécutif fort sans craindre de dérive, car le gouvernement sera toujours sous la surveillance de ses sujets. Je propose donc un Président – on peut l'appeler maire, ministre, magistrat ou gouverneur, comme vous voudrez – élu tous les deux ans, durée raisonnable vu l'ampleur limitée des réalisations qui lui seront demandées (redresser l'industrie d'un pays prend dix ans, construire un pont sur l'Arlon prend six mois. Vaste pays, grandes affaires, mandat long ; petit pays, affaires locales, mandat court). Ce Président choisira librement des adjoints, dans la limite de huit pour que l'équipe soit connue de tous, et qu'on sache qui fait quoi. Pour contrebalancer le pouvoir présidentiel, j'imagine un Sénat, ou plutôt un conseil des sages regroupant quinze notables. Les premiers sénateurs seront élus parmi les Châtillonnais âgés de cinquante ans et plus – on peut toujours relever la limite d'âge pour favoriser l'expérience, mais il faut voir qu'avec la crise alimentaire et les difficultés de chauffage l'espérance de vie a tendance à diminuer. Par la suite, les prochains sénateurs se recruteront par cooptation, avec un veto de l'assemblée populaire. Tel est le dernier rouage du mécanisme : une assemblée du peuple, réunie sur demande écrite au Président, signée par au moins cent personnes – seuil adapté aux conditions actuelles de la démographie, et modifiable à l'avenir. Cette assemblée n'aura pas d'autre pouvoir que d'empêcher ; elle pourra émettre des vœux, sans force contraignante pour l'exécutif – mais je vois mal un Président passer outre à un vœu populaire, sauf à saboter sa réélection. Le Président peut aussi convoquer l'assemblée à loisir, pour prendre l'opinion du corps électoral sur un sujet quelconque. Voilà l'équilibre de mon système : un exécutif fort et resserré, un cercle des sages obligatoirement consulté et doté du pouvoir de retarder, et une assemblée populaire intermittente. Il y a des détails dont je ne parle pas ici, mais auxquels j'ai pensé : modes de votation, techniques de blocage, procédure budgétaire, etc. Reste à étudier les libertés locales et la marge laissée aux hameaux, car je tiens à ce que les problèmes soient gérés par ceux qui les subissent plutôt que par un gouvernement lointain, même si en l'espèce l'éloignement n'excédera jamais cinq kilomètres. »

Jean-Pierre Mirbaud, ancien bijoutier. « Nous, Bierrois, naissons dans la Bierre, vivons dans la Bierre, mourons dans la Bierre. Au fil des générations, nos chansons ne parleront que d'elle, nos rites, nos coutumes, notre culte même – n'en déplaise au père Delapierre – seront centrés sur elle. Et dans mille ans, quand les frontières se rouvriront, les anthropologues seront fascinés. Seulement, ils se tromperont : ils croiront que notre attachement à notre terre est une composante de notre culture, alors qu'au départ c'était une contrainte. »

Ludivine Renaudin, lycéenne. « Quand je pense qu'on nous parlait d'Europe, de mondialisation, que nous avions peur de la Chine, de l'Argentine… Nous n'avons maintenant même plus peur du village d'à côté. Nous occuper des pays étrangers serait comme de nous inquiéter d'une tempête sur Mars. »

Étienne Martin, agronome, 40 ans. « Imaginons qu'une épidémie frappe le canton. La peste, le choléra, la grippe, n'importe quoi. Ou une catastrophe naturelle : une tornade, l'Arlon qui sort de son lit et qui ravage tout. Comment réagirons-nous ? En temps normal, nous comptons sur l'État qui envoie ses sauveteurs, ses camions, son matériel et ses tentes. Subir une calamité dans ces conditions est une partie de plaisir. Mais nous, nous devrons faire face tous seuls, avec nos pauvres moyens, sans expérience ; le moindre problème prendra des proportions dramatiques. Je ne sais pas qui ou quoi est à l'origine de ce qui nous arrive, mais j'ose espérer qu'en cas de drame il ou elle aura la sagesse d'arrêter ce jeu. »

Anonyme. « On dira que j'ai le goût du paradoxe, mais je ne trouve pas la situation si calamiteuse. Nous ne pouvons plus sortir, certes ; mais les autres en retour ne peuvent plus entrer. Nous sommes donc protégés de certaines menaces comme la construction d'une zone commerciale, ou d'un rond-point, la création de lotissements pavillonnaires, l'implantation de panneaux publicitaires géants, etc. Notre campagne reste saine, verte et agréable à vivre, en dépit des difficultés du régime d'autarcie. À titre personnel, je suis plutôt content. »

Céline R, 31 ans, femme au foyer. « J'entendais parler de pénurie, mais je n'avais pas une idée très concrète de ce que cela signifiait. Et puis un jour, j'ai découvert que je n'avais plus de café, et qu'on n'en vendait plus nulle part. Ce fut un déclic. J'ai pris conscience de la signification profonde de cette expression : être coupé du monde. »

Souvent, dans la conversation, j'interroge les Châtillonnais sur ce qui se passe selon eux de l'autre côté des murs. Question qui sollicite leur imagination (personne n'en sait rien, il faut inventer), et qui révèle leur tempérament (optimiste, pessimiste, indifférent). Synthèse des réponses les plus fréquentes, par ordre décroissant.

1° Dehors rien n'a changé. La vie continue comme avant et, si les frontières s'ouvraient, nous retrouverions le monde tel que nous l'avons connu ; il faudrait simplement s'informer des événements survenus en notre absence, après quoi on reprendrait une vie ordinaire.

2° Nous ne sommes pas les seuls touchés. Partout en France, et peut-être sur la planète, des villages comme le nôtre sont inaccessibles. Tous les jours, des villages supplémentaires, et quelquefois des villes, disparaissent à leur tour de la carte.

3° Le phénomène est universel : sur toute la planète des murs identiques aux nôtres se sont élevés dans la nuit du 14 au 15 septembre 2012, et depuis la surface du globe est divisée en petites zones peuplées de mille à trois mille habitants. Dans les villes, ces murs séparent les pâtés de maisons, ou les quartiers. La communication entre ces unités est impossible ; partout, nos homologues se posent les mêmes questions que nous. La Terre, qui jadis était lisse, est désormais couverte d'alvéoles et, quand on est dans une alvéole, on y reste.

4° Il n'y a plus rien. Nous sommes seuls dans l'univers.

*

Vers la mi-mai, en fin d'après-midi, une tempête se leva, qui fit rage jusqu'au milieu de la nuit. Les bourrasques emportèrent les tuiles sur les toits, les pluies creusèrent des rigoles dans les sols ravagés, les branches cassées volaient partout. Au ranch Verviers, les employés se barricadèrent dans le dortoir des filles, qui depuis quelques semaines s'était transformé en pouponnière – huit jeunes femmes avaient donné naissance à quatre garçons et quatre filles, parité idéale bien que Verviers eût préféré plus de filles, un garçon pouvant en engrosser plusieurs.

Vers onze heures du soir, Verviers se mit à craindre pour son bétail, qui paissait dans les prés. Il équipa quatre binômes de lampes torches et de cirés, puis les expédia dehors pour compter les bêtes, sans égard aux conseils des prudents selon qui mieux valait attendre la fin du coup de tabac.

Trois équipes revinrent à une heure du matin et déclarèrent que tout allait bien, les troupeaux étaient au complet. La dernière en revanche ne rentra qu'à trois heures, affichant une mine navrée ; les deux garçons expliquèrent qu'il manquait plusieurs têtes dans le troupeau mais qu'on n'y voyait pas à dix mètres, et qu'ils avaient interrompu provisoirement les recherches. Or, le champ concerné, qui s'étendait en lisière de bois à deux kilomètres au nord, était traversé par un ruisseau, où les veaux risquaient la noyade.

Verviers s'embrasa, jura, et lança aux deux jeunes gens un regard noir. Crucifiés, ceux-ci comprirent qu'être revenus trop vite était une faute lourde, et qu'ils n'auraient jamais dû interrompre leur mission. Ils tentèrent de se justifier, assurèrent maladroitement que ressortir par un temps pareil était dangereux, mais Verviers leur arracha leurs lampes torches et, sans même prendre le temps de s'habiller, sortit dans la nuit en claquant la porte. Gobert pour se faire bien voir voulut l'accompagner, mais Verviers aboya qu'il n'avait besoin de personne, et que son cadet ferait mieux de rester ici pour « s'occuper des femmes » – formule infamante, qui laissa Gobert mortifié. Le pauvre revint tête basse au dortoir et se coucha en marmonnant des récriminations vagues contre ce patron atrabilaire qu'il admirait tant.

Verviers passa la nuit dehors. Une douzaine de ranchers inquiets l'attendirent à la ferme, entretenant le feu en guettant son retour. À cinq heures du matin, la tempête s'étant calmée, ils envisagèrent d'aller à sa rencontre ; mais vers où marcher ? Le domaine était vaste ; enragé comme il l'était, Verviers pouvait avoir entamé une inspection complète, pour retrouver tous ses animaux disparus ; peut-être aussi examinait-il les palissades et les barbelés aux frontières, car il avait depuis quelques semaines la hantise d'une invasion étrangère – fantasme à cause duquel il accompagnait ses patrouilleurs avec un fusil chargé, le visage fermé, chaque fois déçu de ne pas trouver d'intrus. Certains ranchers disaient qu'il finirait par tirer sur quelqu'un au hasard, pour se soulager.

— Et s'il était parti ? suggéra Marie-Ange Schmitz, qui l'aimait moins que jamais.

— Pour aller où ? demanda Fouillot.

— Je ne sais pas. Hors du canton, peut-être. Depuis quelque temps, il répète que si les gens n'arrivent pas à sortir, c'est par manque de volonté.

— Il se trompe, répondit Paul Schmitz. Sortir est impossible, et il le sait bien.

Schmitz soupira.

— Il débloque.

— S'il débloque, répliqua sa femme, il pourrait vouloir prouver que c'est possible.

Les époux Schmitz se regardèrent gravement, imaginant leur chef hagard sur la route de Corbinand, épuisé par des journées de marche, refusant d'admettre que cette route ne menait nulle part, et persuadé qu'avec de la persévérance un homme de caractère comme lui pouvait tout plier à sa volonté, y compris les phénomènes surnaturels.

Mais Verviers n'était pas parti ; il réapparut à l'aube, hirsute, trempé et toujours furieux, refusant de dire ce qu'il avait fabriqué durant tout ce temps, et s'il avait ramené les veaux perdus. Une jeune fille lui apporta des vêtements secs, qu'il repoussa d'un geste brusque ; il ôta simplement son pull-over sali et sa chemise mouillée, et les jeta dans le feu. Sur quoi, il ressortit torse nu dans le matin glacial

— Où vas-tu, bon sang ? cria Schmitz. Tu vas attraper la mort.

— La tempête a fait s'envoler des tuiles sur le toit de la grange. Il faut bâcher.

— Je demanderai aux garçons de s'en occuper.

Verviers se retourna.

— Il faut le faire *maintenant*, dit-il entre ses dents, et son visage rougi donnait l'impression d'une explosion imminente.

Devenu fou, Verviers avait retrouvé ses instincts de loup solitaire, et ne supportait plus la compagnie. Paul Schmitz comprit qu'il en avait assez : assez du ranch, assez de vivre en société, assez de tous ces gens qui s'étaient installés chez lui et qu'il aurait voulu chasser. Mais sa ferme à présent leur appartenait autant qu'à lui ; il les avait embarqués dans une histoire qui n'était pas réversible, il devait se résigner à les côtoyer. Alors, faute de pouvoir les expulser, il lui restait la ressource d'être aussi désagréable que possible avec eux, dans l'espoir que peut-être ils partiraient d'eux-mêmes.

La pluie recommença de tomber tandis que Verviers cherchait dans ses remises une bâche assez grande et solide pour couvrir le toit. Les dégâts n'étaient pas tellement graves ; à la limite, on aurait pu repousser les réparations à plus tard, sans danger pour le foin. Mais c'était plus fort que lui : quelque chose clochait, il ne trouverait pas le repos avant que tout soit rentré dans l'ordre. Couvrir son toit serait une idée fixe et maladive comme il en avait parfois, et dont il était inutile de vouloir le détourner ;

même si un orage avait éclaté, menaçant de le transformer en rôti, il aurait suivi sa toquade, et serait monté sur l'échelle.

Les ranchers effarés le regardèrent tirer au pied de la grange une bâche trop lourde. Il avançait maladroitement, le dos brisé, l'eau ruisselant sur ses épaules ; on aurait voulu l'aider, mais il aurait dit non. Pour un peu, il aurait fait pitié. Serait-il assez sot pour grimper jusqu'au toit, glisser avec ses semelles boueuses sur les barreaux mouillés, la bâche sur le dos ? Folie. Et pourtant il installa l'échelle, prenant appui sur une gouttière mal fixée, sans vérifier si elle était stable. Aurait-il voulu tomber qu'il ne s'y serait pas pris autrement ; c'était à croire que plus il y avait de danger, plus il était content.

Il aurait fallu l'entraver, le ceinturer, l'enfermer dans le poulailler jusqu'à ce qu'il retrouve la raison. Une cellule de dégrisement, à ceci près qu'il n'avait pas bu ; il était de ces hommes irritables qui n'ont pas besoin de boire pour délirer, et que l'alcool au contraire assagit.

Pourquoi personne ne fit-il rien pour l'empêcher de grimper ? On se le demanderait longtemps après qu'il eut fait une chute d'environ quatre mètres et se fut écrasé au sol, en se fracassant la tête. Il ne se releva pas. Il était mort. Les ranchers incrédules contemplèrent son corps désarticulé au pied de l'échelle, devant la grange immense qu'il avait cru pouvoir bâcher tout seul – ne l'avait-il pas reconstruite tout seul quand il avait acheté la ferme, vingt ans plus tôt ?

Abasourdis, partagés entre l'effroi, la culpabilité et une obscure sensation de soulagement – toute cette histoire allait finir ! –, ils n'osaient pas parler et demeurèrent dix minutes sans bouger, en se demandant qui le premier ferait un geste, qui le premier prendrait une initiative. Un charme s'était rompu ; le tyran éteint, ses sujets orphelins étaient penauds et dévastés.

Tomber d'une échelle : quelle fin ridicule et décevante, si nulle pour un homme comme Verviers, conçu pour mourir sur un champ de bataille, sabre au clair, ou centenaire et patriarche, entouré de sa descendance ! Certains ranchers d'ailleurs n'y crurent pas : leur cerveau refusait provisoirement d'admettre qu'un homme de sa trempe fût mortel, et surtout qu'il pût succomber à un accident si dérisoire. D'autres en revanche pensaient déjà par-devers eux qu'il n'avait que ce qu'il méritait, et que cette mort insipide était la punition de son *hubris*.

La nouvelle de son décès se répandit très vite hors du ranch, et dès midi tout le village fut au courant. Des badauds vinrent rôder avec des jumelles, comme les petites gens qui, ayant appris le trépas d'une vedette, vont chez elle avec un bouquet de fleurs qu'elles déposent devant la porte. Vu l'importance de l'événement, le maire Agnelet et l'adjudant Packiewicz se rendirent sur place pour présenter leurs condoléances aux ranchers, notamment à Schmitz qui incarnait désormais l'autorité. Celui-ci les accueillit avec courtoisie, et les invita même chez lui pour leur offrir une tasse de chicorée (il n'y avait plus un gramme de café dans le canton) ; rencontre surprenante des représentants de la loi avec le successeur d'un homme qui l'avait violée, comme quand un commissaire de police rend ses hommages à la veuve du voyou qu'il vient d'abattre.

— Et maintenant, qu'allez-vous faire ? demanda Packiewicz.

Schmitz secoua la tête.

— Je n'en sais rien.

Le maire Agnelet toussota puis déclara dignement :

— Sachez que le canton n'est pas hostile au retour du ranch en son sein. Si tel est votre souhait, bien sûr.

Il se tut, ému par sa magnanimité, puis ajouta :

— Châtillon demeure une grande famille.

Schmitz le regarda, puis le remercia dans un murmure.

Le plus urgent cependant était d'enterrer le défunt. Schmitz pria Ancel Bernet de construire un cercueil, le plus simple possible, avec du bois ordinaire parce que Verviers, qui se fichait des symboles, n'aurait pas voulu gâcher du beau bois pour un cadavre, même le sien. Gobert s'insurgea contre ce parti pris ; il aurait voulu pour son maître des obsèques grandioses, l'équivalent de funérailles nationales. Mais Schmitz resta sur son idée : une cérémonie sobre et économique, sans faste ni dépense Verviers serait inhumé sur la colline face à sa ferme, sous une humble croix de bois, avec sa date de naissance et celle de sa mort.

— Il n'aurait pas voulu autre chose.

Il fallait aussi régler la succession. À qui revenaient les terres, les bâtiments, les bêtes et l'argent ? Le ranch ayant fait sécession, le code civil français ne s'appliquait pas. Consulté à titre informatif, le notaire Mestrel expliqua que Verviers n'ayant pas d'enfants, sa ferme et ses biens revenaient en principe à ses deux frères et à sa sœur, en indivision.

— C'est ennuyeux, dit Schmitz.

— En effet, répondit Mestrel.

— Le plus jeune frère, Hubert, réside hors du canton. Il n'est pas joignable.

Mestrel opina.

— Et Vincent, brouillé de longue date avec Jean-Claude, a déjà fait savoir qu'il ne voulait pas être mêlé à ses affaires.

— Il renonce donc à la succession.

— Exactement.

Schmitz soupira.

— Reste Anne-Lise.

— Épouse Duval, compléta le notaire. Aux yeux de la loi, la ferme est à elle, ainsi que son contenu. Quand je dis la ferme, je parle du bien tel qu'il se présentait avant les… transformations récentes. Tel qu'il figure au cadastre.

— Je vois, répondit Schmitz.

— Quant à vous, vous êtes toujours propriétaire de votre ferme et de vos terrains, bien que vous les ayez momentanément réunis avec ceux du défunt, ainsi qu'avec diverses parcelles appartenant à des propriétaires auxquels vous n'avez pas toujours demandé leur avis.

On sentait la gêne et la réprobation chez le notaire, ami de la légalité foncière, horrifié en son for intérieur par les remembrements sauvages auxquels avaient procédé les ranchers.

— Personne n'est venu se plaindre, observa Schmitz.

— Ce n'est pas la question. De mon point de vue, les ranchers sont présentement chez Mme Verviers-Duval et son époux, ces derniers étant mariés sous le régime de la communauté universelle. À vous de voir avec eux si vous maintenez vos arrangements, ou si chacun rentre chez soi.

— Il faut que j'en parle aux autres.

— Certainement. Cela étant…

Le notaire contempla pensivement ses souliers.

— Je ne devrais pas vous dire ça mais, à mon avis, rien ne s'oppose à ce que vous restiez sur place, si tel est votre choix. Depuis deux ans, voyez-vous, les Châtillonnais prennent toutes les libertés avec le droit de propriété. On s'échange des titres, on s'accapare des jardins, on squatte des biens sans maître, sans que quiconque juge utile d'acter tout cela devant moi. Le résultat est qu'on ne sait plus ce qui est à qui, et que tout le monde s'en fiche.

Le notaire renifla, dépité.

— Par ailleurs, reprit-il, à supposer même que Mme Verviers-Duval ou qui que ce soit réclame à raison des terres actuellement occupées par vous et vos… congénères, il faudrait pour vous faire partir un jugement d'expulsion qu'aucun tribunal n'est en mesure de prononcer, ainsi qu'une intervention des forces de l'ordre qui, en l'état actuel des choses, ferait ricaner tout le monde, vu que vous êtes plus nombreux que les gendarmes. Bref, tout me porte à penser que si vous souhaitez continuer votre, euh… petite entreprise, je ne vois pas qui vous en empêchera, même à présent que M. Verviers nous a quittés.

*

Le ranch Verviers, cependant, ne survécut pas longtemps à la mort du fondateur.

Durant les premiers jours la stupeur paralysa les réflexes des ranchers. Ils avaient perdu leur maître, leur gourou, leur père – littéralement, s'agissant de deux nouveau-nés. Il n'y eut néanmoins pas de manifestation délirante, de sanglots ou d'hystérie funèbre ; même dans l'accablement, les Châtillonnais n'étaient pas démonstratifs.

Au bout d'une semaine la sidération s'estompa, et l'exploitation se remit au travail, se sachant à un carrefour de son histoire. L'utopie libertarienne de Verviers était-elle viable sans son chef ? En apparence tout recommença comme avant, chacun vaquant à ses occupations : à la scierie les menuisiers tronçonnaient des grumes, dans les prés les fermiers menaient les bœufs, au potager les femmes nettoyaient les plates-bandes ; mais l'ambiance avait changé, le cœur n'y était plus. La tentation était forte pour certains de tout abandonner sur place, et de rentrer chez soi ; mais personne n'osait lâcher prise en premier.

La communauté fut aussi confrontée à la question du *leadership* et de la continuité du pouvoir. Objectivement, le sceptre allait à Paul Schmitz : il avait participé à l'entreprise depuis l'origine, il était âgé, et le territoire du ranch lui appartenait en partie. Malheureusement, il n'avait pas le caractère d'un meneur, et ne savait pas prendre de décisions – plus exactement, il était un gestionnaire judicieux (la prospérité de sa ferme en témoignait), mais il était inapte à se faire obéir. Il était trop gentil, incapable de commander, et avait tendance à répondre oui à tout le monde. Par exemple, quand des villageois affamés venaient quémander du pain, Schmitz apitoyé était toujours prêt à leur en donner, et même à y ajouter des fruits, des légumes et de la viande ; sans Verviers, il aurait laissé piller les stocks du ranch, avec aux lèvres un sourire généreux.

Face à Schmitz il y avait Gobert, tempérament inverse. Lui avait l'esprit dominateur, le goût du pouvoir, le talent de se faire obéir ; mais il n'avait aucune idée sur la façon d'administrer un ranch comme le leur.

Schmitz et Gobert auraient pu fusionner leurs talents dans un duumvirat ; n'a-t-on pas vu souvent dans l'Histoire de telles alliances d'intérêt ? Hélas, cette association était impossible ; l'antipathie et le mépris entre eux étaient trop grands, et leurs méthodes trop différentes – Gobert trop dur aurait scandalisé Schmitz, Schmitz trop faible aurait excédé Gobert, et les deux hommes auraient fini par s'écharper.

D'autres solutions étaient possibles, comme un gouvernement démocratique des ranchers, ou un soviet suprême des notables ; mais Verviers avait trop habitué ses troupes à la tutelle pour qu'elles se prennent en main désormais, et trop mal préparé sa succession pour qu'une oligarchie lui succède.

Arriva donc ce qui devait arriver : l'implosion. Trois semaines après la mort de Verviers, Étienne Chérard et sa femme, membres du ranch depuis un an, annoncèrent à Schmitz qu'ils ne voyaient plus l'intérêt de continuer sans leur chef, et qu'ils se réinstallaient donc dans leur maison. Schmitz, qui s'était attendu à ces défections, tenta vaguement de les faire changer d'avis, mais il n'avait guère d'arguments ; il lui manquait une vision à leur présenter, un élément prophétique qui les aurait subjugués et retenus. Il ne trouva donc rien à objecter à leur souhait de retour à la vie civile ; ils se serrèrent la main, et les Chérard rentrèrent le jour même au hameau de Collinon, d'où ils étaient originaires.

Gobert apprenant ce départ entra dans une colère noire ; c'était une désertion, une trahison, un sabotage et un crime contre la mémoire de Verviers. Il aurait voulu châtier Chérard et sa femme, les accuser d'intelligence avec l'ennemi, les déférer à un tribunal ; mais ils avaient quitté le ranch, ils ne relevaient plus de sa juridiction. Il eut l'idée d'un kidnapping, un commando pour les exfiltrer et les ramener au ranch, afin de les y juger ; mais cette ligne extrême ne recueillit aucun soutien. Pis : d'autres étaient tentés d'imiter les Chérard. Durant les jours suivants, l'ouvrier Mirlon, le menuisier Sylvain, les époux Janson et leur fille Amandine, la famille Casimir au complet firent leurs valises ; Gobert s'insurgeait, tentait de les arrêter par des discours enflammés où se mélangeaient le grandiose (l'esprit de continuité, l'œuvre à poursuivre, la fidélité au fondateur), la culpabilisation et les menaces ; mais ils étaient passés à autre chose, ils ne l'écoutaient plus. Un mois après la mort de Verviers, les effectifs avaient fondu de moitié, et l'autre moitié ne demeurait que par habitude, faute de savoir où aller. L'enthousiasme, l'exaltation, la magie du début avaient disparu ; le navire était à l'abandon, sans cap et sans moteur. Schmitz lui-même ne s'occupait plus de rien ; il s'était replié sur sa ferme, délaissant celle de Verviers, et donnait simplement des consignes confuses à qui lui en demandait. On aurait dit qu'il n'était plus concerné, et que dans son esprit tout était redevenu comme avant.

Finalement, les derniers ranchers levèrent le camp vers la fin de l'été, et la ferme de feu Jean-Claude Verviers tomba en déshérence. La fin du ranch ne fut jamais proclamée officiellement ; mais on peut considérer comme un symbole le départ de Gobert, qui s'installa dans une cabane à l'autre bout du canton. Là, écœuré, il se proclama « le dernier verviériste » et fit vœu de solitude, remâchant sa déception à l'égard de ses anciens comparses et de l'humanité en général.

Peu après, une main anonyme fit tomber la barrière à l'entrée du chemin qui menait aux fermes Schmitz et Verviers, sans doute pour récupérer le bois. Personne ne prit la peine de la remplacer. Ainsi le chemin retourna-t-il implicitement dans le domaine public communal, et les deux fermes se trouvèrent rattachées de nouveau au canton de Châtillon. Le maire et ses adjoints accueillirent cette rétrocession sans triomphalisme, comme si tout le monde voulait refermer au plus vite cette parenthèse qui avait coupé la collectivité en deux.

Pour les habitants de Châtillon qui n'en avaient pas fait partie, la fin du ranch était une bonne nouvelle. Non seulement elle abrogeait une scission porteuse de zizanie, mais elle provoquait le retour au village des compétences les plus utiles, des artisans qualifiés et des gens de valeur qu'avait accaparés Verviers. Les hommes reprirent leur place, créant les bases nécessaires au relèvement. Châtillon sans eux s'était appauvri, affaibli, délabré ; des réparations urgentes n'avaient pas été faites, faute d'artisans ; l'entretien, le nettoyage même des rues laissaient à désirer. Les ex-ranchers retrouvaient un village décati, sale, fatigué. Mais à présent qu'ils étaient de retour, tout n'allait-il pas s'arranger ? La mort de Verviers serait un nouveau départ ; les Châtillonnais rassemblés recommenceraient à zéro dans un esprit de communion tout neuf, en oubliant les folies du passé. Aube nouvelle pour le canton prisonnier.

Hélas, non ; la renaissance n'eut pas lieu. Les gens étaient en vérité si las que la flamme du relèvement fut soufflée sitôt que née par un sentiment contraire et inattendu, la déception, mélangée à l'abattement. Déception : comment Verviers avait-il pu échouer ? On n'en revenait pas. Abattement : si lui n'avait pas été capable de construire à Châtillon, qui le pourrait jamais ? Même ceux qu'il avait refusé d'embaucher, et qui étaient objectivement ses ennemis, étaient consternés en secret par sa mort : ils auraient voulu qu'il réussisse, pour qu'enfin quelque chose fonctionne dans la Bierre. Or, non : cet homme qui seul avait la carrure pour se battre, qui seul était capable d'imposer ses volontés à la nature, il avait bêtement cassé sa pipe, frustrant les espérances. Alors, quoi ? Des Verviers, il n'y en aurait pas d'autres ; peut-être l'un des petits nés dans sa ferme avait-il hérité de son tempérament et prendrait un jour la relève, mais ce leader potentiel était pour l'heure au maillot, il ne sauverait pas le village avant vingt ans. Et dans vingt ans, le village existerait-il encore ?

Un puissant sentiment d'incompréhension s'empara de Châtillon, une sorte de dépression généralisée. Quelques personnalités isolées demeurèrent combatives, mais la majorité s'enlisa dans la mélancolie. L'échec de Verviers montrait qu'il n'y avait rien à tenter dans cette contrée, qu'on avait épuisé les possibilités de lutte ; le canton était trop petit, trop infertile, trop mal fait pour accueillir la vie. Y demeurer n'en valait pas la peine. Comme au bout d'une guerre trop longue, les Châtillonnais ne voyaient plus l'intérêt de s'acharner. Bâtir, cultiver, survivre : et après ? Même avec une église retapée de fond en comble, des bêtes plein les étables, du pain frais sur les tables, on serait toujours sous séquestre. Un prisonnier a-t-il à cœur d'embellir sa cellule, quand il est condamné à perpétuité ?

Ainsi le village se laissa-t-il mourir, comme un vieillard qui a fait le tour de la vie – et comme on avait vite fait le tour de la vie à Châtillon ! Certes, si la Bierre était ce qui restait de l'humanité, on pouvait soutenir que résister était un devoir, afin de perpétuer l'espèce humaine ; mais aussi bien, pourquoi ne pas précipiter la fin ? Certains du reste pensaient que si Châtillon était le refuge de l'espèce, un instinct obscur jouerait, qui pousserait tout le monde à l'effort ; or, non – et c'était la démonstration par la psychologie que Châtillon n'était pas le peuple de survivants que d'aucuns prétendaient. Alors, s'il y avait dehors sept ou huit milliards de Terriens, quelle était la valeur d'un petit village comme le nôtre ? En soi, elle était infinie ; rapporté aux dimensions du monde, elle devenait dérisoire. Pourquoi donc ne pas se jeter tout de suite dans l'Arlon, s'y noyer, se faire dévorer par les tanches et vérifier au passage si par hasard les cadavres emportés par le courant ne franchiraient pas les frontières – autrement dit si les murs ne filtraient pas seulement les vivants ? Des flottilles de charognes dériveraient jusqu'à Seney-la-Tour avant d'aboutir dans la

Loire, et on les retrouverait plus loin sous les ponts de Névry, d'Orléans et dans l'estuaire de Nantes, d'où elles se jetteraient dans l'océan pour un grand voyage vers le large.

La léthargie était générale, comme une hibernation. Les contacts parmi la population s'amenuisèrent ; chacun se repliait sur soi. Les jeunes, qui auraient pu constituer une poche d'optimisme, participaient au contraire de l'esprit d'abandon ; ils étaient même à la pointe du mouvement, et poussaient la logique à son comble. Ils ne se contentaient pas de laisser tout tomber : ils en rajoutaient en cassant et en sabotant, nihilisme qui prouvait qu'à leurs yeux plus rien n'avait plus de sens, et qu'à tout prendre ordre et désordre s'équivalaient. Jamais on n'avait vu pareille vague de dégradations dans la région : vitres brisées, ampoules volées, inscriptions ordurières sur les murs, maisons pillées, incendies ; le plus étonnant étant que les Châtillonnais ne s'en scandalisaient pas. Ils protestaient pour la forme, parce que la voyouterie n'était pas dans leurs mœurs ; mais sur le fond, ils n'étaient pas choqués, et ils approuvaient en secret le but des vandales – mettre à sac le village, pour l'achever. Ils auraient préféré sans doute qu'on le laisse se délabrer naturellement ; mais si des ahuris voulaient mettre leur énergie à renverser tout de suite ce que le temps démolirait tôt ou tard, personne n'y voyait d'inconvénient – simple raccourci vers une fin qui viendrait bientôt.

L'oisiveté, si contraire aux habitudes, devint une passion. On voyait sur les seuils des maisons leurs habitants immobiles, pétrifiés, incapables de la moindre activité. S'il faisait trop froid, ils rentraient, se réchauffaient en brûlant leur bois de lit et s'avachissaient dans un fauteuil en attendant que le feu s'éteignît. Spectacle irréel et tragique d'un peuple ordinairement industrieux, affairé, increvable, qui subitement tombait dans l'hébétude et la négation. Certains désespérés tiraient leur matelas sur la chaussée devant chez eux – il ne circulait aucune voiture – et dormaient à même le sol sous une couverture miteuse, à la belle étoile, exhibant leur dégoût, réclamant qu'on les tuât. Et là encore, le plus étrange n'était pas ces comportements suicidaires mais l'indifférence des autres face à ce laisser-aller. Le même village qui n'avait jamais admis le relâchement, où les chômeurs étaient pestiférés, où les retraités affichaient un dynamisme admirable, où les citoyens ne cessaient de s'agiter qu'une fois atteint le très grand âge, ce village à présent regardait le désœuvrement avec un détachement complet, et même avec une admiration monstrueuse. Entre Châtillonnais, c'était une compétition à qui capitulerait le mieux. Tel ivrogne puant qui ne se rasait plus et errait par les rues, au lieu qu'on l'assimile à un déchet, il imposait désormais le respect, comme les fakirs et les ermites, et on se demandait s'il fallait l'imiter. La barrière de respectabilité qui dans toute société empêche qu'on ne sombre était en train de céder ; une tendance inverse gagnait du terrain, celle du renoncement, de la négligence et du désordre. Certains s'en émouvaient. Comment perdre à ce point sa dignité ? Mais les intéressés, enfermés dans leur spirale, n'entendaient pas ces reproches. Ils ne croyaient plus à rien, n'avaient plus envie de rien ; le phénomène avait vaincu. Châtillon serait leur tombe.

On résume ici en peu de lignes un déclin qui dura des mois, peut-être des années – on ignore combien de temps au juste, car les gens avaient renoncé à tenir le compte des jours. À quoi bon suivre un calendrier ? La vie était une infinité monotone et répétitive, où il ne se passait rien ; l'Histoire avait pris fin en 2012, tout se reproduirait du pareil au même pour l'éternité. Les Châtillonnais n'avaient plus la force d'inventer et, se croyant prisonniers depuis toujours, regardaient l'ère antérieure comme une préhistoire mythique, incertains qu'elle eût existé.

Fatalement, certains glissèrent jusqu'au bout sur cette pente sinistre, et se laissèrent carrément mourir. De deux mille trois cents habitants, la population tomba à deux mille, puis à mille huit cents, et continua de dégringoler au fil des semaines. On en avait du reste à peine conscience, les Châtillonnais qui ne comptaient plus les jours ne se comptaient pas non plus eux-mêmes. Leur survie n'était plus un sujet de préoccupation ; on s'en remettait au hasard, à la force des choses. Quand on apprenait qu'un voisin était mort de faim ou qu'il s'était pendu à une poutre, on ne pleurait plus ; on était au contraire un peu jaloux, et on songeait en soupirant que le temps ne serait pas long avant qu'on le rejoigne.

Ils étaient à peine mille, soit trois fois moins qu'au début de ce récit, quand la roue de l'Histoire parut redémarrer tout à coup.

*

Plaçons-nous ici au point de vue du père Delapierre, qui, face à la vague d'abdication, avait été impuissant, échouant notamment à endiguer la désaffection des églises. Il avait eu beau se montrer plus ferme dans ses prêches, plus empressé auprès de ses ouailles, les faits étaient là : ses ouailles reperdaient leur foi, tout ce qu'il leur avait inculqué pendant la crise. Les notions d'Au-delà, d'Apocalypse et de Parousie ne les impressionnaient plus ; les fidèles, dégoûtés, tournaient tout en dérision, les plus impies témoignant par leurs blasphèmes qu'ils ne craignaient plus rien. Le curé assistait à des comportements obscènes ; les Châtillonnais compissaient les murs de l'église, profanaient les sépultures au cimetière, juraient tout leur saoul, ricanaient pendant l'office. Une pierre avait mis en miettes un vitrail irremplaçable, et la petite réserve de vin de messe avait été dérobée.

Là encore la population condamna à peine ces exactions, l'esprit d'indifférence corrompant jusqu'au sentiment du sacré. Le curé s'en était ouvert à Mme Dutreil, fidèle parmi les fidèles, disant qu'il n'y comprenait rien, qu'il ne savait plus quoi faire pour raisonner les âmes en peine. Elle avait répondu timidement que les Châtillonnais, se croyant abandonnés, ne se sentaient plus redevables envers Dieu ; à la limite, leurs sottises de gamins sacrilèges étaient une façon désespérée de se rappeler à Lui. Peut-être qu'à les voir si chahuteurs et si malheureux, Il lèverait enfin son sortilège ? À moins qu'Il ne les punisse pour leurs méchancetés, et n'ajoute à la réclusion un sortilège supplémentaire comme la peste, les sauterelles ou le déluge, une plaie qui les décimerait et, d'une certaine façon, les libérerait.

Le père Delapierre entendant ce discours avait fondu en larmes. Quel désaveu ! Il n'avait donc pas su les convaincre. Il plongea ses yeux dans ceux de Mme Dutreil, humble femme tremblante et ridée, si fragile qu'un souffle l'aurait fait basculer.

— Et vous, demanda-t-il, qu'en pensez-vous ?

Elle baissa le regard.

— Moi, mon père, je conserve l'espoir d'être sauvée. Simplement, j'espère que le paradis sera plus vaste qu'ici, sinon je serai très déçue.

Et elle était partie à pas menus, abandonnant le curé dans son église silencieuse.

Delapierre, malgré tout, s'était accroché, continuant de célébrer des messes quotidiennes dans tout le canton ; mais, face à la fréquentation déclinante, il se lassa, d'autant qu'il se déplaçait partout à bicyclette et qu'il commençait de sentir dans ses genoux et sa poitrine les méfaits de la vieillesse. L'énergie lui manquait, au moral comme au physique. Bientôt, frappé d'anémie, il dut annuler ses messes à Charny, à Tamony et à Montretout, paroisses trop éloignées de Châtillon ; puis il ferma les églises de Fleury et Bazillion, ainsi que la chapelle de Collinon, après y avoir prié une dernière fois et mis les objets du culte à l'abri des pilleurs. À bout de force, il se retira dans le monastère et se résigna à ne plus célébrer qu'une messe par semaine, le dimanche, à dix heures, en l'église Saint-Jean-Baptiste de Châtillon. Les habitants des hameaux viendraient à Dieu, au lieu que Son représentant aille à eux. Il se décevait, mais que faire ? Sa foi chancelait.

Pour finir, il tomba malade, et dut garder la chambre. Il conjura ses novices de célébrer les offices à sa place, pour que ne soit pas brisé le dernier fil entre le Seigneur et le canton, quand bien même ce ne serait que pour une poignée de fidèles. Les novices protestèrent qu'ils avaient fait vœu d'isolement, mais face aux supplications de leur maître ils obtempérèrent – s'ils tinrent leur promesse, l'abbé cloué au lit ne put le vérifier.

La longue période qui suivit ne fut pour lui qu'une continuité monotone et douloureuse, où il perdit tout à fait la notion du temps. Elle dura des semaines mais se résume en un mot : la souffrance.

Puis, au bout d'une éternité, son état s'améliora. Il put quitter sa cellule, faire quelques pas dans le jardin, s'étendre sur un transat pour lire la Bible au soleil, en se rappelant les anciens printemps. Il ignorait le jour, le mois, l'année ; mais il était en vie, dans un lieu de prière, avec un potager pour sa soupe et une couverture pour la nuit. Huit moines partageaient sa retraite, voûtés, silencieux, arborant la tonsure.

Que se passait-il dehors ? Il n'en savait rien. Peut-être que Châtillon avait achevé son suicide, et que tout le monde était mort. Si l'hypothèse des pessimistes était exacte – que l'humanité entière avait péri –, alors c'en était fini de l'espèce, car il n'y avait que des mâles au monastère. Quand le dernier s'éteindrait, le silence descendrait sur le monde, et tout serait accompli.

Un jour cependant des coups retentirent à la porte ; premier contact avec l'extérieur depuis des lustres. Un moine effaré ouvrit ; apparut un garçon de quinze ans, essoufflé, qui criait et bégayait. Il toussa, s'étouffa, prit appui contre le chambranle, et parvint enfin à délivrer son message :

— On a trouvé un passage ! Un passage !

Les moines interloqués ne comprirent pas ; Delapierre lui-même restait éberlué, incertain de ce que ce garnement voulait dire.

Le garçon trépigna, sidéré qu'ils demeurassent hagards alors qu'ils auraient dû sauter de joie. Il hurla derechef :

— On peut sortir !

*

Ce que ses découvreurs avaient appelé le passage était un sentier dans la forêt de Vincerres, à cinq kilomètres du village encombré de branchages qui le rendaient peu praticable.

Des dizaines de personnes avaient afflué là et causaient dans une clairière, surprises de se voir si nombreuses et de trouver à qui parler. On commentait, on s'emportait ; pour la première fois depuis longtemps, les Châtillonnais s'intéressaient à quelque chose, et ressentaient le besoin de s'exprimer. La nouvelle restait bien sûr à vérifier, ce n'était peut-être qu'une fausse alerte ; mais que tant d'entre eux fussent venus témoignait qu'ils n'avaient pas perdu l'espoir, et que l'idée de quitter la Bierre les tenaillait encore.

Comme jadis la grotte de Lascaux, le sentier avait été mis au jour par des gamins. Le premier, en quête d'un bel endroit pour construire une cabane, s'y était aventuré et n'avait pas reparu. Le deuxième, lancé à sa recherche, n'était pas revenu non plus ; *idem* pour le troisième. La bande prit peur. Qu'était-il arrivé à leurs camarades ? Ils crièrent, attendirent toute la nuit. Accident ? Rencontre avec une bête ? Ou avec le rôdeur (l'existence d'un rôdeur sanguinaire, mi-homme, mi-loup, faisait partie du folklore local) ? Chute dans une crevasse ? Mais il n'y avait pas de crevasse dans cette forêt. On allait laisser les disparus à leur sort quand un garçonnet suggéra que peut-être ce sentier conduisait aux frontières, et qu'il permettait de sortir du canton. Ses amis le regardèrent avec stupéfaction.

— Tu veux dire qu'ils sont…

— Dehors.

— Dehors ?

La notion d'extériorité n'était pas très claire chez ces enfants grandis avec le phénomène. Un silence s'ensuivit, nécessaire à l'analyse du mot.

— Ils seraient *sortis du village* ?

C'était fascinant.

— Peut-être.

— Mais alors, pourquoi ne viennent-ils pas nous chercher ?

Haussement d'épaules.

— Peut-être que c'est impossible.

Cette idée les frappa. Au bout de cinq minutes, ce n'était plus une conjecture mais une hypothèse ; au bout d'une heure, ce fut une certitude. L'idée du passage offrait une explication rationnelle – si l'on ose dire – à la volatilisation de leurs amis ; car enfin, ces derniers n'avaient pas pu s'égarer dans la forêt, qu'ils connaissaient comme leur poche. Ce n'était pas non plus une farce : plaisanter n'était pas leur genre et, quand bien même, ils seraient réapparus au bout d'une heure. Quant au rôdeur, celui-ci n'avait pas pu les tuer tous les trois. Non, décidément, l'idée de l'évasion seule était tenable. Ils étaient *passés de l'autre côté*, et ne pouvaient plus revenir. C'était limpide. Nécessaire. Ils étaient libres !

Alors, convaincus par leur invention, ces enfants coururent vers le village et rameutèrent la Bierre dans la forêt, claironnant qu'ils avaient trouvé une brèche, un couloir, un sas. Interloquée, la population les suivit, et en deux heures tous les habitants – du moins les valides – furent rassemblés devant le fameux sentier. Larimé, le maire Agnelet, l'adjudant Packiewicz, Pithrier avec sa femme et leurs fils, l'écrivain Jérémie Mathieu, tous ceux que nous avons croisés dans ces pages étaient là. Paul Schmitz n'était pas venu parce qu'un rhume le clouait au lit, mais sa femme Marie-Ange avait accouru, curieuse, fébrile, inquiète. On demandait autour de soi si quelqu'un avait déjà essayé, si le trajet était long, pourquoi on ne se lançait pas tout de suite. On était un peu déçu par l'allure broussailleuse du chemin ; vu ses pouvoirs magiques, on aurait imaginé plutôt une voie lumineuse et bien tenue, un arc de triomphe végétal. Mais quoi ! Le Saint Graal n'était-il pas un gobelet d'ouvrier ?

Sur ordre du maire, les gendarmes, qui pour l'occasion avaient revêtu l'uniforme – si c'était un passage, on pouvait tomber de l'autre côté sur le préfet, voire le ministre, il fallait montrer que dans l'adversité la gendarmerie était restée digne –, balisèrent l'orée du sentier au moyen d'une bande de plastique tendue entre des piquets. On aurait dit une scène de crime.

Beaucoup de Châtillonnais demeuraient sceptiques : était-on sûr que ce chemin menât dehors ? On ne savait qu'une chose, qui était maigre : trois gosses avaient disparu, chapardeurs et vauriens. Tout cela ne prouvait rien. Méfiance. C'était trop beau, trop simple. Ce passage qui surgissait sans prévenir, découvert par des enfants ! C'était magnifique, et donc suspect. Mais quand même, les plus dubitatifs sentaient brûler en eux une flamme et se pressaient comme les autres dans la clairière, près d'y croire ; et beaucoup trépignaient de se jeter dans les taillis pour quitter cette Bierre qu'ils ne supportaient plus, foncer tête baissée dans la forêt, advienne que pourra.

On s'interrogeait du regard. Qui irait, qui n'irait pas ? Le risque était grand, le profit possible aussi ; c'était aux tempéraments de décider, puisqu'il y avait autant de raisons de craindre que de raisons d'espérer.

— Il faudrait savoir où ça mène, dit le maire Agnelet en se grattant le menton.

— Les enfants n'ont pas pu s'évaporer, répondit Ancel Bernet. S'ils ne sont pas là, c'est qu'ils sont sortis. Donc, ce chemin mène à l'extérieur.

C'était péremptoire, et des murmures saluèrent cette remarque. Mais Ancel n'osa pas se lancer pour autant.

On rassembla d'anciennes cartes d'état-major au 1/200e où figuraient la plupart des chemins forestiers. Aucune, hélas, n'indiquait ce sentier, même pas la plus récente qui datait de 2009. Cette voie n'avait jamais été relevée. À croire qu'elle était apparue par miracle ! On consulta Jean Ferrier, l'ancien garde-chasse, qui connaissait par cœur Vincerres et tous les bois du canton. Il jura n'avoir jamais vu ce chemin ; il était même gêné de l'admettre, car, pour la première fois, sa connaissance de la topographie locale était prise en défaut.

— Ah ! dit Ancel. C'est une preuve, non ?

— Une preuve de quoi ? demanda Larimé.

— Une preuve que ce chemin est tout neuf. Sinon, Ferrier le connaîtrait. Donc, il vient d'apparaître. On nous l'a envoyé pour sortir. CQFD.

Ses interlocuteurs auraient voulu savoir qui était « on », mais ils n'osèrent pas demander à Ancel d'expliciter sa pensée. Ancel enfonça ses mains dans ses poches :

— Il faut essayer.

Un silence gêné s'abattit sur la foule. Le vent se leva, qui fit bruisser les feuilles. Châtillon attendait son héros, un Moïse pour ouvrir la voie.

Les pensées se bousculaient dans l'esprit du maire Agnelet. Pensées pratiques, d'abord, sur les modalités de l'évacuation : le sentier n'était pas large, on ne pouvait pas marcher de front ; il faudrait se suivre en file indienne. Ne risquait-on pas l'embouteillage ? Mieux vaudrait passer par groupes de cinq ou six, avec un chef de famille en tête, suivant des intervalles de cinq minutes. Cela prendrait longtemps, mais qu'importe ? Agnelet voyait déjà les Châtillonnais se disputer pour passer ; diplomate, il ramènerait l'ordre en expliquant que, premiers ou derniers, tous quitteraient la contrée.

Et s'il y avait des récalcitrants ? Il en irait de leur intérêt ; peut-être faudrait-il les protéger contre eux-mêmes, et les emmener de force. On verrait.

Le maire s'enflammait. La seule idée qui ne lui vint pas à l'esprit, c'était que peut-être cette histoire était une sottise, que les gamins disparus n'étaient pas sortis, et qu'on serait horriblement déçu de s'être ainsi monté la tête.

Les conversations allaient bon train. Certains parlaient d'aller chercher du matériel pour débroussailler le passage, d'autres demandaient pourquoi la transhumance n'avait pas commencé, d'autres encore suppliaient qu'on soit prudent, et qu'on ne se lance pas sans précaution sur ce chemin mystérieux.

— C'est peut-être un aller simple pour la tombe.

— Poltron.

— Tu n'as qu'à y aller, toi.

On s'interrogeait aussi si l'on pourrait revenir ou si ce serait irréversible. Dans ce cas, il faudrait faire ses valises et prendre ses objets précieux, car on ne reverrait plus sa maison.

— Du calme, lança le maire. Il est tard, nous sommes fatigués. Je suggère de revenir demain pour étudier scientifiquement la marche à suivre.

— Il n'y a qu'une marche à suivre, lança une voix anonyme. Foncer, et ne pas regarder derrière nous.

Applaudissements.

— Peut-être, répondit le maire, mais je propose qu'on ne fonce que demain. Nous ignorons la longueur du chemin, et combien de temps il faut marcher pour toucher au but. Prenons d'abord des forces.

Des voix s'élevèrent pour critiquer cet attentisme typique du maire Agnelet. Tout le monde respecta néanmoins la consigne et rentra chez soi, doutant de trouver le sommeil. Demain, peut-être, la liberté !

Pour empêcher les initiatives individuelles et les départs sauvages, le maire pria l'adjudant Packiewicz d'installer deux gendarmes en faction dans la clairière.

— Pensez-vous que ce soit nécessaire ? demanda l'adjudant.

— Oui.

— Les nuits sont fraîches, en cette saison.

— Vos hommes n'auront qu'à faire du feu.

— Bon. À vos ordres.

Packiewicz se tourna vers ses hommes.

— Duguit, Sourand : mission de nuit.

Las ! Vers deux heures du matin, Duguit vint réveiller l'adjudant ; essoufflé, il semblait avoir couru.

— Que se passe-t-il ? demanda Packiewicz.

— Des dizaines de personnes se présentent dans la clairière, chargées de bagages. Certains avec diables et carrioles. Ils réclament le droit de passer.

— Vous le leur refusez, j'espère ?

Duguit baissa les yeux.

— Ils sont plus nombreux que nous. Nous ne pouvons quand même pas leur tirer dessus.

L'adjudant sentit une coulée froide dans son dos.

— Et vous avez des nouvelles de ceux qui sont entrés dans la forêt ?

— Aucune.

Le grand exode avait commencé.

*

Le lendemain, devant une foule toujours nombreuse, les autorités assistées de Châtillonnais qualifiés commencèrent l'étude d'un plan d'évacuation. Le problème consistait à parer aux dangers éventuels du chemin sans pour autant renoncer à l'emprunter. Comment savoir ce qu'il y avait au bout, la libération annoncée ou le casse-pipe ?

On fit des expériences. Les frères Renembach, René, paysan, et, Jean, chauffeur de bus, produisirent une énorme pelote de câble fin.

— Je vais pénétrer dans la forêt muni de ce fil d'Ariane, expliqua Jean, et René tiendra l'autre bout. Ainsi, nous resterons en contact permanent ; si le câble est bien tendu, nous pourrons même communiquer en morse.

— Le fil est-il assez long ? s'inquiéta Jean-Jacques Larimé.

— Un kilomètre.

— Peut-être le sentier fait-il plus d'un kilomètre.

— C'est juste, admit Jean Renembach. Je vais prendre une seconde pelote comparable, que je nouerai à la première en cas de besoin.

Ainsi fut fait ; devant cinq cents spectateurs passionnés, Jean Renembach embrassa son frère et disparut dans la forêt, en tenant fermement le fil qui le reliait à la Bierre.

Durant plusieurs minutes, rien ne se passa. L'explorateur voyageait apparemment sans encombre entre les deux mondes. Chacun contemplait fiévreusement le câble noué au tronc d'un orme, sur lequel René avait posé la main.

Mais tout à coup le filin se détendit, et tomba par terre. Un frisson parcourut la foule. René Renembach, follement inquiet, tira sur le fil, qui se prit dans les branches ; il réclama de l'aide, trois hommes lui prêtèrent main-forte. Enfin l'extrémité traînante apparut, molle et lugubre.

— Il n'a même pas eu le temps d'utiliser sa deuxième pelote, constata René.

Une larme coula sur sa joue.

— Où est-il, à présent ?

Ancel Bernet lui prit le bras.

— Je suis sûr qu'il est de l'autre côté, sain et sauf.

Murmures d'approbation. Tout le monde voulait croire que Jean Renembach était libre, que les pompiers venus l'accueillir lui avaient jeté une couverture sur le dos et offert un café, que des médecins s'empressaient pour l'examiner et que déjà les journalistes du monde entier lui tendaient leurs micros pour recueillir ses impressions.

Mais comment être sûr ?

— Il faudrait savoir à quel endroit précis s'opère le passage, dit le gendarme Sourand. Où s'arrête la Bierre et où commence le… le dehors.

— Vaste question, se lamenta le maire Agnelet.

— J'ai une idée, poursuivit le gendarme.

— Tu es sûr ? ricana Ancel.

Il avait une dent contre les gendarmes depuis un contrôle routier, quelques années auparavant. Sourand l'ignora.

— Formons une équipe de dix ou quinze personnes, dit-il, qui avanceront en file indienne. Le premier s'arrête vingt pas après l'orée du sentier, à portée de voix de la clairière. Le deuxième avance de quarante pas puis s'arrête, à portée de voix du premier. Et ainsi de suite, chacun communiquant oralement avec son prédécesseur.

— Et après ? s'impatienta Ancel.

— C'est simple. Sitôt que le deuxième perd le contact avec le premier, il pose une balise pour matérialiser sa position, et fait demi-tour. Ainsi, on saura où passe la frontière.

Cette solution suscita beaucoup d'enthousiasme, et tout de suite des Châtillonnais se portèrent volontaires pour la manœuvre. Le maire voulut sélectionner personnellement les plus aptes mais le gendarme Sourand souligna que peut-être le point de passage était loin, et qu'il serait judicieux d'être aussi nombreux que possible, en acceptant toutes les candidatures.

— C'est juste, répondit le maire. Allons-y.

Une colonne de trente hommes et quatre femmes s'ébranla méthodiquement suivant les consignes de Sourand et sous les applaudissements de la foule ; on sentait dans l'air la même ferveur, la même admiration qu'au temps des expéditions individuelles sur la route de Névry, quand des aventuriers croyaient vaincre le sortilège et franchir le mur. Les chaînons de la file se déployèrent à quinze pas de distance, couvrant ensemble quatre cents mètres environ, chacun parlant à son successeur ; jusqu'ici, tout allait bien. Cette première étape accomplie, tous avancèrent de dix pas supplémentaires, tandis qu'un remplaçant prenait la position du dernier, pour ne pas perdre le contact avec la clairière ; et ainsi de suite, la chaîne s'augmentant à chaque fois d'un maillon nouveau. Au bout d'une heure, elle comptait quatre-vingts participants, et le premier n'avait toujours pas disparu. Quelque chose clochait ; Jean Renembach n'avait pas mis tout ce temps pour se volatiliser. Dans la clairière, on s'impatientait.

— Que fabriquent-ils ?

— Ce n'est pas normal.

— Peut-être que ça ne marche plus ?

— Le passage se sera refermé sans prévenir.

— Il ne nous a pas prévenus non plus pour apparaître.

— Peut-être qu'il y a des horaires d'ouverture ?

— Allons ! Ce n'est pas un guichet de banque.

— On n'en sait rien.

Quand la chaîne eut atteint cent cinquante hommes, les éclaireurs décidèrent de rebrousser chemin : manifestement, leur stratégie ne fonctionnait pas. Ils réapparurent dans la clairière, sous le regard déçu des Châtillonnais.

— Vous vous y êtes mal pris, fulmina Gobert. Il faut recommencer.

Les explorateurs protestèrent, trouvant injuste ce procès en incompétence, surtout de la part de ce blanc-bec.

— Tu n'as qu'à essayer, puisque tu es si intelligent.

— J'y compte.

Gobert à son tour réunit vingt jeunes gens et partit à l'assaut du sentier, reproduisant la technique du gendarme Sourand. Comme c'était à prévoir, ses équipiers et lui revinrent en fin d'après-midi, fourbus, sous les ricanements cruels des spectateurs.

— Alors ? demanda Ancel Bernet.

— Échec, marmonna Gobert.

— Que s'est-il passé ?

— Au début, rien. Nous avons marché deux heures dans la forêt, après quoi le sentier est devenu impraticable à cause des branchages et des souches. Parfois, nous perdions complètement sa trace et, à la fin, nous ne savions plus où mettre les pieds. J'ai préféré renoncer avant la nuit.

— Vous n'avez pas vu Jean Renembach, par hasard ?

— Non.

Silence consterné.

— Peut-être que ça ne marche pas quand on est en groupe, suggéra Larimé.

— Comment ça ? demanda l'adjudant Packiewicz.

— Les gosses disparus étaient seuls. Renembach aussi. Nous autres, en revanche, nous avons cheminé en meute. Et voilà le résultat.

— Ce n'est pas logique, dit Ancel d'un air bougon.

— La logique n'a rien à voir là-dedans, répliqua Gobert.

Le ton monta. Marie-Ange Schmitz intervint.

— Ça n'a pas marché parce que vous ne *vouliez pas* passer de l'autre côté.

Tout le monde la regarda.

— Vous avez marché sur le chemin pour voir jusqu'où on peut aller sans quitter la Bierre ; votre idée n'était pas de partir, mais de revenir. Pour que ça marche, il faut vouloir partir.

Ce propos étrange déclencha de nombreux commentaires. Penser le passage comme acte de foi était encore moins rationnel que la suggestion de Larimé sur la solitude du franchissement mais, au point où ils en étaient, les Châtillonnais auraient cru n'importe quoi.

— Moi, reprit Marie-Ange, je sais que je réussirai, parce que je le voudrai.

— Quand on veut, on peut, ricana Ancel Bernet.

Il haussa les épaules.

— Tout cela est absurde.

Les conversations s'enlisèrent. Chacun avait sa théorie sur le fonctionnement du sentier, et sur ce qu'on trouverait au bout. Malgré les deux échecs du jour, une majorité d'habitants restaient convaincus d'avoir affaire à l'issue de secours qu'ils attendaient depuis si longtemps. La Providence levait sa punition ; dûment châtiés, nous pouvions revivre. Et chacun au fond de soi savait qu'il ne tarderait pas à faire le grand saut.

Allant plus loin, certains suggéraient que ce passage n'était pas le seul. Un sentier si étroit, si caché, au point qu'on aurait pu ne pas le trouver : Dieu aurait-Il pris ce risque ? D'autres portes magiques avaient forcément surgi partout, pour maximiser nos chances de les découvrir ; on ne les remarquait pas mais elles étaient là, sous nos yeux. Cet escalier, par exemple : et si par hasard il faisait franchir la frontière à qui le montait ? Ce chemin agricole près de Crillonne ? Cette route ? Cette échelle ? Les Châtillonnais allaient et venaient dans le village, explorant tout avec frénésie ; c'était comme une chasse au trésor.

Ces recherches, bien sûr, ne donnèrent aucun résultat. Il n'y avait pas d'autre chemin, et ces chercheurs d'or le savaient bien. On aurait dit qu'ils repoussaient le moment de partir, jouant par ces quêtes dilatoires à découvrir d'autres voies qui n'existaient que dans leur tête.

*

Anonyme. « Ma femme et moi appareillerons demain soir. Au début j'hésitais, mais tous nos amis l'ont fait. Pourquoi pas nous ? »

Anonyme. « Je pars avec mon fils. Mon frère a décidé de rester. Je me demande si nous nous reverrons. »

Anonyme. « Montrez-leur un précipice en expliquant qu'en sautant ils sortiront de la Bierre ; ils sauteront. »

Anonyme. « Je médite tes ordonnances, j'ai tes sentiers sous les yeux (Psaumes, 119.15). »

*

Chaque jour de nouveaux émigrants se présentaient dans la clairière avec leurs bagages, prêts au départ. En fait, ces exodes avaient souvent lieu la nuit, de façon plus ou moins clandestine, en cachette. Il n'était certes pas possible de filer en secret, car depuis la découverte du sentier il y avait du monde à toute heure dans la forêt – badauds, rôdeurs, campeurs installés là, priant pour que le passage soit à double sens et que des secours surgissent, illuminés croyant que c'était le chemin qu'emprunterait le Messie pour son retour sur Terre, etc. ; mais on préférait autant que possible s'éclipser discrètement sans adieux ni haie d'honneur, pendant que le reste du village dormait.

Les voyageurs en partance trouvaient dans la clairière une file d'attente, des gens qui comme eux vérifiaient leurs lampes torches, serraient les sangles de leur sac et jetaient un regard nostalgique sur ce pays qu'ils s'apprêtaient à fuir. Entre émigrants on se saluait sans se parler, chacun respectant la consigne implicite de discrétion. On aurait dit que les Châtillonnais avaient honte de partir ; ils y mettaient une pudeur gênée, un embarras inexplicable. Ils auraient voulu prendre le chemin comme ils prenaient leur bain, dans l'intimité ; et si par la force des choses il y avait du public, on feignait de ne pas se voir.

Les jours passèrent, Châtillon se vida. Chaque matin le soleil se levait sur de nouvelles maisons abandonnées. On ne s'inquiétait pas pour ces disparus ; on les supposait à l'abri, de l'autre côté ; on imaginait leurs retrouvailles avec leurs proches, entourés de médecins inquiets qu'ils ramènent de la Bierre un virus ou une maladie rare. Comme on se représentait facilement ces scènes poignantes, les larmes, les fous rires ! Et chacun songeait qu'il pouvait passer lui aussi, faire sa valise et pénétrer dans la forêt pour arpenter ce sentier qui menait à la liberté. Les mots « passer », « partir » et « départ » devinrent courants dans le vocabulaire châtillonnais, assortis d'une imagerie dont personne ne s'avisa qu'elle était aussi celle de la mort.

De temps en temps, on assistait aux coups de sang d'habitants qui jusqu'alors avaient résisté mais qui soudain laissaient tout en plan, bouclaient un paquetage et, sous le regard de leurs amis stupéfaits, se précipitaient à Vincerres, comme s'ils avaient peur que leur résolution ne faiblisse. De fait, n'avait-on pas vu des échecs au dernier moment, des fanfarons qui avaient annoncé partout leur départ et qu'on retrouvait finalement devant l'église, le rouge aux joues, expliquant que leurs jambes au moment décisif avaient refusé de les porter ? Philosophes, ils déduisaient de ce fiasco que leur heure n'était pas venue, qu'on ne réussit bien son passage que « si on le sent vraiment », et qu'une sagesse inconsciente les avait forcés à renoncer. Qui sait : peut-être n'avait-on qu'une chance, en sorte qu'il ne fallait pas se rater ?

Il y avait bien des bizarreries dans ces comportements. Ce chemin dont les Châtillonnais étaient sûrs qu'il les sauverait, parce que telle avait été leur interprétation initiale et qu'ils n'en avaient pas démordu, pourquoi ne s'y ruaient-ils pas tout de suite, au lieu de gémir sur leur séquestration ? Le taux d'émigration aurait dû frôler les 100 %, et ne laisser de côté que les sceptiques (troublés eux aussi, car comment ne pas l'être devant ce mystère ?). Et pourtant, beaucoup lambinaient. Qu'on se mette à leur place, et qu'on voie s'il était facile de n'être pas indécis

Il y avait aussi des têtus, qui refusaient absolument de partir. D'abord, disaient-ils, on ignorait où allait ce chemin. Si c'était à Biges ou sur la route de Moulins, d'accord ; mais, vu les bouleversements récents de la logique et de la géographie, il pouvait déboucher aussi bien dans un pays lointain, voire sur une autre planète, où personne ne nous attendait.

Et puis, pourquoi s'enfuir ? Certes, le village tombait en ruine ; mais en s'en donnant la peine, on pourrait le reconstruire, vivre mieux, vivre bien. Ne s'était-on pas débrouillé quand Verviers siphonnait les talents, refusant de partager ses richesses ? Et puis, c'était une affaire de principe : on était né ici, on mourrait ici ; notre destin était lié à cette terre – tout homme est à une terre –, on préférait n'en pas partir plutôt que risquer de ne plus la revoir. Mourir plus jeune, mais mourir chez soi. Ne dit-on pas qu'un homme sur deux s'éteint à moins de vingt kilomètres du lieu où il est né au XXIe siècle ! L'animal humain est un sédentaire, attaché à son terrier ; cette loi s'applique à Châtillon autant qu'ailleurs.

Deux camps naquirent dans le village, qui s'appelèrent réciproquement les feuilles volantes (familles en partance) et les racines (hostiles à l'exil). Les feuilles volantes tournaient en dérision les arguments des racines, jugeant que leurs proclamations grandiloquentes d'attachement à la Bierre cachaient une forme de lâcheté.

— Vous avez peur.

— Pas du tout.

— Ça saute aux yeux.

— Suivez donc votre sentier. Dans notre Bierre, il n'y a pas de falaise. Au bout de votre chemin, c'est moins sûr.

Les jours passèrent. Dans la clairière, les fanatiques avaient perdu patience ; partis à la rencontre du Messie qui se faisait attendre, ils avaient disparu dans la forêt.

La courbe des départs connut un pic après qu'un énergumène eut la vision d'un être spectral venu l'avertir que le chemin se refermerait bientôt, qu'il ne se rouvrirait pas, et que les incrédules resteraient prisonniers. Cette hallucination, quoique facilement imputable aux plantes dont il se nourrissait sans discernement, à la fatigue et au fond d'idiotie qu'on lui avait toujours connu, fut prise au sérieux, et confronta les Châtillonnais demeurés sur place à une hypothèse qu'ils n'avaient jamais envisagée, celle que la possibilité de sortir fût temporaire, et que la porte se referme. Ils n'avaient vu jusqu'ici qu'un problème, l'irréversibilité du passage ; ils en découvraient un autre, la brièveté possible du sentier. Il n'y avait plus une minute à perdre : il fallait décamper d'urgence, sans quoi la Puissance qui mettait cette plateforme à disposition finirait par se froisser, et dirait : puisque vous n'en voulez pas, je vous l'enlève.

D'autres rétorquèrent que c'était absurde, que le sentier ne s'effacerait pas du jour au lendemain et que, de toute façon, ils préféraient s'en remettre au hasard. Que la Providence fasse à son goût ! Ils renonçaient au contrôle de leur vie, et se laissaient aller au gré des choses.

Quant aux personnages que nous avons croisés, ils se répartirent comme suit :

Feuilles volantes : le tenancier du Sénat miniature, M. Duval, qui avait fermé boutique depuis des mois ; Mathieu Tourdieu, de la Direction de l'équipement ; M. Parent, de la supérette ; Annabelle et Vincent Verviers, Marie-Ange et Paul Schmitz, le boulanger Fouillot avec femme et enfants, Manuel Podesti, Luc Rambier, Raphaël Pithrier et sa famille, M. Bazot, maire d'Allery, et son homologue Tellier, d'Oulliers ; Yves Sainte-Marie et Édouard Masson, Aurélien Gobert, Mme Bardet et son mari, l'électricien Bavier, et Hubert Besson pressé de retrouver ses locomotives.

Racines : Mélissa Vinet, qui refusait d'abandonner ses chevaux, Jean-Marie Réali, le père Ferrand qui « ne voyait pas l'intérêt de quitter le pays », les docteurs Ruche et Despise (par sens du devoir), l'adjudant Packiewicz et le gendarme Sourand, le maire Agnelet qui craignait que ce chemin ne soit un piège, Jérémie Mathieu qui avait lié romantiquement son destin d'écrivain à la Bierre, Martin Onzalle, Sylvain Bonnerond, Alain Leblond.

Quelques-uns enfin sont morts : Marie Onzalle n'a pas survécu à son mari ; le mécanicien Arcand a succombé à une bronchite ; le cantonnier Riquet a négligé de soigner une plaie à la jambe, qui s'est infectée ; le vétérinaire Guillermot, piétiné par un taureau ; le banquier Ternisien, foudroyé par une grippe ; le couvreur Joly, tombé d'un toit.

Le père Delapierre, quant à lui, était en vie mais ne savait plus quoi penser. Sept des huit moines qui résidaient au monastère avaient annoncé leur souhait de continuer à servir Dieu dans la Bierre, comme si de rien n'était. Seul Mathias, garçon joufflu d'une trentaine d'années, follement religieux, voulait quitter le pays ; non que sa foi eût fléchi ni que l'apparition du passage eût changé sa façon de voir, mais il voulait précisément saisir cette opportunité pour toucher un public plus large, et diffuser son message évangélique dans le monde entier, si du moins le monde n'était pas englouti. Dès son transfèrement, il avait prévu d'entrer en contact avec Rome, et menaçait si le pape demeurait sourd de se tourner vers l'Amérique et ses sectes protestantes, qui l'aideraient à préparer le retour du Christ – car il ne faisait aucun doute que la réclusion de la Bierre était un signe annonciateur que la prophétie se réaliserait bientôt.

Notre curé, lui, était moins fixé dans son opinion que son jeune disciple. L'émigration des Châtillonnais ruinait son rêve de transformer la Bierre en communauté chrétienne de choc – une cité idéale d'inspiration médiévale, habitée par l'Esprit-Saint. En même temps, il n'y croyait déjà plus depuis quelque temps : les Châtillonnais l'avaient déçu, et il s'était déçu lui-même.

Quant à ce qu'il y avait au bout du fameux chemin, cette question le plongeait dans le désarroi. Il ne pensait pas que ce fût un signe du Seigneur ; mais quand même, il y avait manifestement du surnaturel là-dedans, peut-être du miraculeux. Que devenaient ces gens qui s'évaporaient dans la forêt ? Les uns étaient convaincus qu'en empruntant le sentier ils refermeraient une parenthèse de leur existence, les autres se lançaient sans savoir, par esprit d'aventure ou par lassitude, d'autres encore proclamaient qu'au bout ce n'était pas une vie nouvelle mais la mort qui attendait, et ils se lançaient en ricanant après avoir crié adieu, dans un sinistre élan suicidaire. Delapierre, lui, ne savait pas. Homme de foi, il inclinait à la confiance ; mais aussi bien, cette issue était peut-être une tentation, et ceux qui résisteraient seraient récompensés.

Comme tout un chacun, il rôdait souvent dans la clairière, croisant des pèlerins en partance qui tentaient de le convaincre de les accompagner, croyant sans doute qu'en s'associant à lui ils amoindriraient le risque d'une mauvaise surprise.

— Venez avec nous, mon père. Il n'y a plus rien à faire ici.

Delapierre hochait la tête.

— Je dois accomplir ma mission, mes enfants. Monseigneur ne voudrait pas que j'abandonne ma cure.

— Dès notre arrivée, nous demanderons à l'évêché de vous relever de vos fonctions.

— Non. Je préfère rester.

Il soupirait.

— Mais laissez-moi vous bénir.

Il posait sa main sur leur front, dessinait une croix aux joues des enfants, et faisait mine d'ignorer l'appel au fond de lui qui le poussait à les suivre.

Il tomba un jour au cours d'une promenade sur le vieux Sautier, ancien marchand de vin qui habitait sur la colline de la Picherette. Il fut très surpris, croyant l'avoir vu partir deux semaines plus tôt.

— Vous êtes toujours là ?

— Où voudriez-vous que je sois ?

— Mais…

Delapierre se sentit faiblir, comme à la vue d'un fantôme. Sautier l'empêcha de tomber et le conduisit chez lui pour lui faire boire un peu d'eau-de-vie – il en possédait encore quelques bouteilles et il s'en accordait chaque soir un verre minuscule, après son dîner.

— Quand elles seront vides, dit-il au curé, il sera temps pour moi, à quatre-vingts ans, de tirer ma révérence.

— Vous emprunterez le sentier ?

Le vieux Sautier prit une mine horrifiée.

— Le sentier ? Non, très peu pour moi.

Il renifla.

— Quand je parle de révérence, reprit-il, je veux dire que je tirerai le rideau. Avec ça.

Et Sautier comme par magie fit apparaître un revolver hors d'âge, qu'il cachait sous sa table. Cette arme lui venait de son père ; il l'avait entretenue amoureusement sans jamais tirer une seule balle, mais il songeait maintenant qu'il était temps d'en faire usage, afin que l'auteur de ses jours ne la lui ait pas donnée pour rien.

Feignant de le prendre à la plaisanterie, le père Delapierre tança gentiment le vieil homme, sans décrocher les yeux du calibre – c'était le premier qu'il voyait, et il eut envie de posséder le même.

Il retourna le soir dans la clairière, comme la veille et l'avant-veille, attiré magnétiquement par l'orée du chemin. Il savait que sa place n'était pas là, dans cette forêt lugubre, mais au monastère ou dans l'église, à prier pour le salut du village, allongé dans la nef ; il s'en voulait terriblement, se reprochait d'être faible, de balancer entre le devoir et l'envie, entre partir et rester. Le Tout-Puissant ne le guiderait-Il donc pas ?

Quel feu que le désir de fuir, quand on ignore si c'est ce que Dieu veut !

Il n'y avait personne ce soir-là dans les bois. La nuit était noire. Delapierre ferma les yeux, tendit les bras, fit quelques pas dans les taillis, toucha des branchages secs et durs. Sans lampe de poche, sans besace, sans nourriture, il n'aurait pu être plus mal équipé pour voyager ; pourtant, quoique venu sans intention, il se sentit prêt pour le grand saut. Juste pour voir, se disait-il, pour satisfaire une curiosité ; il ferait quelques pas, puis reviendrait en arrière et rentrerait au monastère. Il ne risquait rien ; Marie-Ange Schmitz n'avait-elle pas dit avec sagesse que l'issue se dérobait à qui ne la recherchait pas ?

Le problème était qu'il ignorait s'il la recherchait ou non.

Il s'engagea dans le sentier, sentit des brindilles craquer sous ses semelles. Un hululement au loin le fit tressaillir.

Quelques pas de plus. Une branche blessa sa joue. Il rouvrit les yeux ; il n'y voyait rien. Le ciel était sans étoiles. Avait-on jamais connu nuit plus profonde ? Son cœur se serra ; il n'était plus sûr de ce qu'il voulait, avancer encore ou rentrer chez lui ; il était perdu.

Une force étrange l'aspira. Il se mit à cavaler dans la forêt, butant contre des souches, trébuchant et se relevant, s'éraflant le visage et les mains. L'euphorie s'empara de lui. Il n'avait qu'à courir, il trouverait le chemin ; peut-être ne l'avait-il jamais quitté ; Dieu l'y conservait.

Cette nuit le secret lui serait révélé, le secret de la Bierre au bout du sentier ou celui de la vie au bout de ses forces. Dans sa poche ballottait le revolver.

Composition et mise en page

NORD COMPO
multimédia

Cet ouvrage a été imprimé
en janvier 2014 par

FIRMIN-DIDOT

27650 Mesnil-sur-l'Estrée
N° d'édition : L.01ELJN000512.A002
N° d'impression : 121440
Dépôt légal : janvier 2014

Imprimé en France